哀愁しんでれら

もう一人のシンデレラ

秋吉理香子

双葉文庫

これは映画「哀愁しんでれら」とは別の……もう一人の「シンデレラ」の物語

哀愁しんでれら　もう一人のシンデレラ

「ただ今、入ってきたばかりのニュースです。本日午後三時頃、××市立南小学校敷地内で、児童、教職員など大勢が死亡したとのことです。生存者は数名いる模様で、正確な死傷者数や原因など、詳細は不明です。××警察署では現在、事故と事件の両方で捜査中です——」

1. 咲良

女の子なら、誰だってシンデレラに憧れる。

――なんて言ってしまうと、今では差別になるんだろうか。

この場合「シンデレラ」が意味するのは、長い間、みじめで、貧しくて、色々な人から理不尽に扱われてきた女の子が、リッチでハンサムな王子様の出現によって人生を一変させること。

美しく着飾らせてもらって、もう二度とお金の心配もしなくてよくて、豪勢なお城に住んで、大勢の召使にかしずかれる――

もちろん現代にはお城なんてないし、大勢の召使なんていうのも現実的ではないのかもしれないし、そもそもそこまでは望まない。だけど、好きなだけお化粧品やアクセサリー、服を買えたらいいし、新しくて広いおうちに住みたいし、家具だって家電だって最高のものをそろえられたらいい。

そうしたら、もう仕事なんてしなくていい。周りに気を遣って、ストレスをためて、神経をすり減らしながら、わずかなお給料をもらうなんて、もうたくさん。あげくに体を壊してしまったり精神を病んだり……頑張った結果がそれなんて、みじめすぎる。そんな人生に、意味なんてあるんだろうかって思ってしまう。

だから咲良はシンデレラになりたいのだ。

高望みはしない。

ちゃんとした家に住んで、夫に経済的にも精神的にも守ってもらう。それだけでいい。それだけでいいのに……

どうしてなかなか叶わないのだろう。

「どうしたの、咲良？」

恵美に声をかけられて、我に返った。

「あ、ううん、別に。なんで？」

「浮かない顔してたから」

「やだ、そんなことないよ」

咲良は笑顔を取り繕ったが、恵美は申し訳なさそうに続ける。

「仕事で疲れてるんだよね、きっと。それなのにごめんね、わざわざ来てもらって」

「やだ恵美ったら、やめてよ。本当にそんなんじゃなくて、ただ、恵美が羨ましいなあって思ってただけ」

それは本音だ。

そもそも、今、目の前で幸せそうに生まれたての赤ん坊を抱っこしながらあやす恵美を見ていたからこそ、シンデレラだのなんだの考えてしまったのだ。

「紅茶、おかわり飲まない？　淹れてくるね」

生後わずか三か月の美紀をそうっとリングクッションに置くと「ちょっと待っててねー」と甘ったるい声をかけ、恵美はキッチンへ向かった。キッチンとはいっても、ダイニングとひとつづきになったオープンキッチンなので、恵美の一連の動作はよく見える。電気ポットで湯を沸かすところ、紅茶の茶葉を選ぶところ。鼻歌を歌いながら新しいキッチンに立つ恵美はとても幸せそうで、咲良はまた羨ましくなる。

恵美は、子供の頃からの親友だ。

女子大に進んだ恵美は、無難に一般職で大企業に就職して、そこで二歳年上の社員を摑まえた。さっさと会社を辞め、結婚、妊娠、出産と、とんとん拍子に進んでいる。咲良は今日、そんな恵美の、第一子の出産祝いにやってきた。

赤ちゃんのものは、服でも下着でも、靴下でも、なんでも小さくてふわふわで可愛らしくて、見ているだけでほんわかした気持ちになる。

フェンディやグッチ、ディオール、ジルスチュアートなどのハイブランドのベビー服や小物もあると知り、その大人用顔負けの――いや、咲良が普段買うもののレベルで言えば、さらに高価な――値段に目を見張りながらも、赤ちゃんのものは、赤ちゃんのためのものであるというだけで、全てが可愛くて、選ぶのは楽しかった。

こんなものに囲まれて暮らせたら、幸せだろうな。

そう思いながら、ハイブランドのよだれかけ――スタイということを初めて知った――を選んだ。真ん中に、赤いラインストーンでブランドのロゴが描いてある。可愛いと思った。咲良は、テーブルの上で開封された状態になった自分のギフトを手に取り、うとうとしている赤ん坊の胸に当ててみる。やっぱり可愛い。これにしてよかった。

「お待たせ」

トレーに新しい紅茶を淹れたティーポットを載せて、恵美が戻ってきた。

「ね、見て見て。めっちゃ可愛い」

咲良の声に、恵美が視線を美紀に向ける。

「やだ、スタイが汚れちゃう」

新品のスタイがよだれに光る顎の下にあるのを見て、恵美は素早く引き上げた。

「いやあねえ、恵美。汚れたっていいじゃない。もう美紀ちゃんのなんだから」

「でも……」

「ああ、わたしに気を遣ってるの？　すぐ汚されたって気にしないわよ。赤ちゃんなんてそんなものでしょ。貸してよ。記念に写メ撮っときたいから」

咲良は恵美の手からスタイを取り、ふたたび美紀の胸の上に載せる。

「あっ……」と恵美が何かを迷うような素振りをした。

咲良がシャッターを押そうとした瞬間、フレームからスタイが取り去られた。

「やだ、なによ恵美」

「だって……もう少しでよだれが」

「まったくもう、なんのためのよだれかけなのよ」

咲良があきれると、恵美が口ごもった。

「――まだ洗濯もしてないし」

「ああ、それを気にしてたの？ でも肌に直接触れたわけじゃないから。じゃあ写真だけ撮ったら、洗濯機に入れておいてよ。あ、ラインストーンついてるし、手洗いの方がいいよね。よかったら、わたしが帰る前に洗って――」

「ごめん！ 咲良」

もじもじしていた恵美が、急に頭を下げた。

「多分、それ――ううん、たぶんじゃなくて絶対――返品交換させてもらうと思う」

「え！」

咲良は目を見開く。

「ど、どうして？ 趣味じゃなかった？」

「ううん、可愛い」

「もしかして、誰かからの贈り物とかぶったとか？」

「じゃあどうして。こういうキラキラしたの、恵美、昔から好きでしょ？　気に入ってくれると思って――」

「確かにものすごく可愛くておしゃれだけど……使いづらいから」

「――え？」

　こんな、ただ布をひっかけるだけのものに、使いやすい使いにくいがあるわけ？　と、心の中で咲良は思う。

「ラインストーンとレース……」

　恵美が言いにくそうに口を開く。

「いいでしょ？　こだわって選んだポイントだもん」

「あのね、気に入ってる。すごく気に入ってるよ？　だけど、肌の敏感な赤ちゃんのつけるものだからね、ラインストーンは、こすれたりしないか心配」

「あ」

「ストーンが取れて口や鼻、目に入ったりしても心配」

「……」

「レースも、強くこすると痛いじゃない？」

「そっか」

「洗濯にしてもさ、すぐ汚すのに手洗いなんてしてられないし。だから汚す前に返品しようと思って」

——あんなに喜んでたくせに。

「わかった。ごめんね。気のきかないもの選んじゃって」

「なに言ってんの、咲良のせいじゃないじゃん。わかんなかっただけなんだから。まだ子供いないんだし」

ごく普通に言われた言葉。悪気なんて百パーセントない。だけど「子供いない」という言葉に、胸が少しズキンと痛む。

「あはは、だよね」

笑ってごまかす。我ながら、こんなことでいちいち引っかかるなメンドクサイ、と辟易する。

同じ地域に住んで、同じ小学校へ通い、同じ中高へ進み、大学は離れたけれど、咲良はそれなりに頑張ったし、資格も取ったし、今は一人前に仕事もしている。だけどそれで得たものは、頼りない父親への小遣いや妹の塾の費用の負担だけ。咲良が自分の為に使えているお金なんて、ほとんどない。

一方、恵美は小中高と遊び惚け、簡単に入れる女子大に入り、毎週合コン三昧。それなのに手堅い夫を摑み、今は幸せに包まれている。

どうして、わたしだけ？

「咲良さあ」

恵美が紅茶を満たしたカップを咲良の前に置きながら、ごくさりげなくといった調子で切り出す。

「ヒロムとはどう？　そろそろ結婚しないの？」

「うーん……そうだね、そろそろ」

咲良が言葉を濁すと、恵美はため息をついた。

「咲良が優しすぎるから、あいつもだらだらしちゃうんだよ」

「うん……わかってる」

「ガツンと言ってやりな。そもそも、あいつ仕事してんの？」

「だから……音楽」

「バンドは仕事じゃないでしょ？　高校ん時から、ずっとじゃん」

「でも、本人はそのつもりだから」

「あーあ」

恵美はため息をついた。

「咲良がどうせ、面倒見てるんでしょ」

「そんなことないよ。時々は彼だって交通整理のバイトしてるし。ほら、見て」

咲良は左手の薬指を見せた。

「お金ないのに、指輪を買ってくれたんだよ？　そりゃ高価なものじゃないけど。めちゃくちゃ優しくない？」

恵美は咲良の、宝石も何もついていないシンプルな指輪を眺めたあと、反応に困ったような表情を浮かべた。

「まあ、咲良がいいなら、わたしは何も言えないけどさ、でも、咲良もそろそろ自分の幸せを考えなよ。わた――」

言いかけて、慌てたように恵美は言葉を呑み込んだ。だけど咲良には、恵美が何を言おうとしていたかわかっている。

わたしみたいに。

そう言いかけたのだ、恵美は。

本当は、こんなはずじゃなかった。

高校の頃、アマチュアのバンドオーディションで大賞をとったヒロム。ゆくゆくはデビューして、武道館を満席にするくらいビッグになって、ヒット曲もバンバン出して――そんな夢物語を彼は思い描いていた。そして咲良も実現すると疑いもしなかった。わたし、人気ミュージシャンの奥さんになるんだ、なんて。あの頃思い描いていた未来では、今頃はもうとっくに子供もいるはずだったのに――

「とにかく大丈夫だから、心配しないで」

咲良は微笑（ほほえ）んでみせる。

「ん……そうだよね、ごめん、大きなお世話って感じ」

「そんなことない。ありがたいと思ってるよ、幼馴染（おさななじみ）の言葉は」

恵美も微笑み返したが、すぐにその表情が苦しそうに変わる。

「恵美？」

「ちょっとごめん」

素早く立ち上がり、慌てて廊下に飛び出す。少しして、げえー、げえー、と、嘔吐する音が聞こえてきた。続いてうがいする音。

「ああ、もうやだ。人前で、本当にごめんね」

恵美がタオルで口を拭きながら戻ってくる。

「恵美、もしかして」

「あはは、そうなの」恵美は顔を赤らめる。「実は、二人目」

「もう？　だって美紀ちゃん、生まれたばっか――」

「でしょ？　だから恥ずかしくって。この分じゃ、同じ学年になっちゃいそう。双子でもないのに。妊娠中はほとんどエッチできなかったし、出産直後もしばらくは無理だったでしょ？　解禁になったとたんにしたら、また的中しちゃったのよ」

照れくさそうに笑いとばす恵美が、眩しくて見ていられない。

「そっか。本当におめでとう。その時にはまた、お祝いさせてね。今度はちゃんと、使い勝手のいいものを選んでくるからさ」

あ、やな感じ。言葉に棘がある。けれども恵美はそんな咲良に気づかずに無邪気に笑うと、「ありがと」と言った。

携帯が鳴る。うとうとしかけていた美紀がハッと目を見開き、激しく泣き出す。

「ご、ごめん」

あわててスマホをカバンから取り出し、少しでも音が小さくなるように脇へと挟んで廊下へ出た。とりあえずトイレに駆け込む。嘔吐物のにおいがかすかに残っていた。着信を見ると、職場だ。なんでよもう、半休とってるってのに。

「もしもし」

不機嫌さが声に出ているのだろう、所長が「お休みなのに、本当にゴメン」と真っ先に言った。

「なにかあったんですか？」

「山田(やまだ)さんところのさ……」

「アスカちゃんですか？」

「うん、そう。泣きながら電話があったんだよ」

「すぐ行きます」

電話を切ると、咲良は急いでリビングに戻り、荷物を取り、コートを羽織った。

「ごめん、急な仕事。帰るね」

「え、もう？　だって一緒にお夕飯もって――」

「緊急事態。担当してる子供からのSOS。無視できない」

バタバタと玄関へ向かう咲良を、恵美が子供を抱いて追いかけてくる。

「ごめんね急に」

「ううん、わたしはいいけど。大変な仕事だね。自分の子でもないのに」

「――じゃあね。バイバイ、恵美」

咲良は恵美の家を出た。真冬の張り詰めた冷たさが、頰をキンと刺した。


「山田さん、開けてください。児童福祉課です」

所長が安普請のアパートのうすっぺらなドアを叩くが、反応がない。咲良は所長の隣に立ちながら、やきもきしていた。

「山田さん？　いらっしゃいますよね？」

めげずに叩いていると、ドアが開いて、くしゃくしゃの髪をまとめた母親が出てきた。着ているトレーナーは色あせ、首や手首回りが伸びている。

「なんなのよ？」

咲良は思わず、所長より前に出る。

「アスカちゃん、いますか？」

「いるけど、なんで」

「会わせてもらえませんか」

「寝てるの」

閉められかけたドアに、咲良はすばやく手を差し込み、母親のトレーナーを掴んだ。

「お願いします、アスカちゃんに会わせてくれませんか」

「ちょっとぉ、やめてよ。伸びるじゃない」

「元気な顔が見たいんです。お願いします」

「だから寝てるって言って——」

「電話がありました、アスカちゃんから」

所長が言うと、母親はしぶしぶ承諾した。

「……わかったわよ」

母親は咲良の手を引きはがし、部屋の奥に入っていった。しばらく出てこない。ぼそぼそ話し声が聞こえる。

やっと、母親に連れられてアスカが玄関先までやってきた。ハイネックの長袖を着ている。

「アスカちゃん？」

声をかけると、アスカはぎこちなく微笑んだ。小学一年生、七歳。小柄できゃしゃで、子供らしい明るさや活気がない。

「電話、くれたよね？」

「え、ううん、かけてないよ」

アスカが笑顔で首を振る。母親はその隣で、しれっとしている。おそらく部屋で言い含めてきたのだろう。

「ちょっと来てくれるかな？」

所長がアスカを引き寄せ、袖や裾をめくる。傷やあざなどはなかった。

「まったく、何もないって言ってるのに——」

母親が、ぶつぶつ文句を言う。

この家には、数か月前に通報があってやってきたが、その時にも傷やあざはなかった。アスカ本人も決定的なことを教えてくれないため、保護できないでいる。

「もういいですか？」

母親が、乱暴にアスカの手を引く。アスカは変わらず、へらへらと笑っている。が、腹がぐーっと鳴った。

「はい……突然お邪魔してスミマセンでした」

仕方がない、というような表情で、所長が頭を下げた。けれども咲良は諦めない。

「ちょっと待ってください。最後に一つだけ、あの——」

「まだ何かあんの?」

「アスカちゃん、痩せたんじゃないですか?」

「さあ」

「かなり痩せた気がします。あの、失礼ですが、食生活はどのような——」

「アレルギー」

「——はい?」

「アレルギーがあるんで、この子。だから食べさせられないものも多いわけ」

「でも、でも、あの——」

所長が咲良の肩に手を置いた。

「もうやめとけ」

小声で所長が言う。

「だけど——」

咲良も小声で応える。そんなやりとりを冷たい目で見ていた母親が、大げさにため息をついた。

「あのさあ、あんた、子供いないでしょ」

「え」

突然の質問に、咲良は一瞬フリーズする。

「はい……いませんが」

「やっぱね。子供もいないくせに、えっらそーに」

母親は、鼻で笑った。

「子育てしてると、いろいろあんのよ。うまくいかないことだらけ。それでも毎日食事の支度に学校の行事、掃除に洗濯、病院に連れてったり、やらなくちゃいけないことがたくさん。それを回していくことがどれだけ大変か、あんたにはわかんないのよ。あたしはあたしなりに、アスカの世話してんの。ほんっとーに何にもないから、もう放っといて！　二度と来ないで！」

今度こそ、目の前で思い切りドアを閉められてしまった。

咲良は立ち尽くす。

何もなかったはずがない。髪を切られた、あざが残らない程度に叩かれた、つねられた、針を刺された――そういう可能性はある。またはご飯をろくに与えない、風呂に入れてやらない、着替えさせないなどのネグレクト。

だけど――

確かに、あの母親は母親なりに、世話を頑張っているのだろう。でなければ、アスカだってあんな風にかばわないはずだ。やはりアスカにとってはたった一人の母親で、好きなのだ。

——子供もいないくせに、えっらそーに。

思い出すと、母親の言葉が、あらためて胸に突き刺さる。悔しくて唇をかみしめていたら、所長が優しく肩を叩いた。

「今日のところは行こう」

「——はい」

塗装が剝げて錆がむき出しになった鉄の階段を下り、駅までの道のりを歩く。

「強引だったぞ」

「すみません」

「苦情がくるかもな」

所長がため息をついた。

「あの女、母親失格です」

「でもアスカちゃん、笑ってた」

「作り笑いです」

「体に傷も見受けられなかった。今日のところは、これ以上どうすることもできねえよ。

せっかく休みを返上して駆けつけてくれたのに、悪かったな」

「そのことは気にしてません。アスカちゃんのこと、ずっと気にかけてるので。もちろん久しぶりに友達と会っていたので残念は残念でしたけど——ううん、やっぱり残念じゃなかったかも。早く切り上げられて助かりました。幸せ自慢をされて、辛いだけだったし」

「ん？　なんだよそれ」

所長が苦笑する。

「とにかく、もうちょっとアスカちゃんと信頼関係を結ばなくちゃいけないなって思いました。わたしに何でも打ち明けてもらえるように」

「そうだな。だけど自分を追い詰めるな」

「——子供の将来は、その母親によって決まる」

「なに？」

「偉い人の言葉です」

「誰？　マザー・テレサ？　あ、ナイチンゲールっぽくない？」

「誰だったかな……忘れました」

「はは、そっか」

所長が笑った時、カフェのテラス席にいる母娘が目に留まった。女の子は可愛い洋服を着せてもらい、髪も凝った編み込みにしてある。けれどもそれが「いかにも頑張りました」という感じではなく、ごく自然に見える。毎日こんな風に手をかけてもらっていて、けれどもそれが当たり前だという雰囲気だ。

いいなあ。

あ、わたしったら、また羨ましがってる——

母娘はきゃっきゃと笑いながら、パフェを食べている。アスカはこんな風に、笑いながら食卓に向かい合ったことはあるだろうか——あの母親と。

アスカのぼさぼさの髪。おそらく——いや確実に美容院ではなく、自宅で切っているだろう不揃いな髪。脂ぎった髪。垢じみたよれよれの服。汚れのこびりついた爪の間を思い出す。いつしかアスカの姿は、かつての、あのくらいの年頃だった自分へと変わっていった。

——行かないで！　お願い、お母さん、置いていかないで！

まだ幼い、甲高かった自分の声が脳裏にこだまする。あの時、咲良は必死で母親にしがみついていた——大きなカバンを持ち、玄関から出ようとする母親に。咲良の背後では、妹の千夏がシュミーズ一枚で泣いていた。

「離しなさい！　もうあんたたちのハハオヤはやめました！　これからは好きに生きさせてちょうだい！」

母親はすがりつく咲良を、思い切り振り払った。咲良は後ろにひっくり返り、くつぬぎの硬くて冷たいコンクリートに後頭部を強打した。目の前が真っ白になった。くらくらして、しだいにガンガンしてきた。割れるような痛みを感じながらも、だけど、よかった、と思った。わたし、怪我をした。だからお母さんは置いていけっこない。

「痛い、痛い！」

咲良は泣き叫んだ。さあ、お母さん、早く抱っこして。病院へ連れて行って。けれど、咲良の耳に聞こえたのは、叩きつけられるように閉められたドアの音だけだった。

——え？

嘘だよね、と思った。重い頭をなんとか支え、のろのろと体を起こす。そばで千夏が泣いていた。

「大丈夫だよ」

咲良は、千夏を抱きしめた。

「お母さんは、救急車を呼びに行っただけだからね」

言いながらも、そんなはずはないことを、すでに咲良はわかっていた。自分たちは母親に見捨てられたことを——

「どうした？」

所長の言葉で我に返る。

「あ、いえ、なんでも――」

「思い詰めすぎだよ。咲良ちゃんは優しいから」

いいや、違う。

わたしがアスカを気にするのは、優しいからなんかじゃない。昔の自分と重なるからだ。あの頃の、母親から見捨てられた自分に。そういう子供たちを救いたくて、児童福祉司になった。少しでも、自分と同じ思いをするような子供を減らしたかった。手を差し伸べたかった。

それなのに――

こんな日は、つくづく無力さを思い知る。

「ぜんぜんそんなんじゃないです。ただ、もどかしくて」

「仕事だって割り切るのも、大事だよ。僕たちのできることには限界がある」

「――ですね」

「さあ、帰ろうか。ごめんな、呼び出して。この分、もちろん休んでくれていいから」

「あ、はい」

「報告書は、僕がやっとく。じゃあ」

所長の後ろ姿を見送ると、咲良はため息をつく。

恵美の家には戻る気がせず、帰宅することにした。寒いから鍋でもしようかと、スーパーで材料を買い込む。主に値引きシールのついた品を選び、家に帰った。

「ただいまー」

福浦酒店、と屋号が書かれたガラスの引き戸を開け、狭い店内を通って奥にある自宅へ入る。一応まだ営業時間内だが、カウンターには誰もいない。レジスターにはほこりと、整理されていない伝票が溜まっている。

変わっていない。

咲良が子供の頃から、ずっと変わっていない、くすぶった店。くすぶった生活。

「おかえりー」

靴を脱いであがった咲良を、父の声が迎えた。

入ってすぐに狭い台所があり、古びた食卓がある。朝、ある程度片づけていったはずなのに、食べた後のカップ麺やみかんの皮、バナナの皮、なにかの汁でごちゃごちゃ汚れている。咲良は買ってきた白菜や豆腐、鶏肉を冷蔵庫にしまった。

父は声をかけてきたものの、姿を見せない。台所と続きの和室を覗くと、寝転がってテレビを見ていた。

「お父さん、店番は?」

父は答えないで、テレビを見ながらゲラゲラ笑っている。

「おかえり、お姉ちゃん」

声をかけられて振り向くと、千夏が立っていた。

「え、あんた、いたの？」

「へ？　ひどいなあ、いたっていいじゃん」

「何してたの」

家にいたんなら、どうして少しは片付けようとしないの？　そう続けたいのを、ぐっとこらえる。

「何って……部屋でユーチューブ観てた」

千夏は食卓につくと、開けっ放しで置いてあったチップスの袋に手を突っ込み、一気に数枚を摑んで食べた。ぐちゃぐちゃの卓上を気にする様子もない。

「ねえ、ごはん、ごはんまだー」

「ごはんまだー、じゃないわよ。一緒に作ろうっていう発想はないわけ？」

千夏は「だって料理下手だもんー」と、へらへら笑いながらチップスを食べている。

咲良はため息をついた。

「……今用意するわよ」

冷蔵庫を開けたタイミングで、祖父が入ってきた。戦後のどさくさに酒の免許を取ってこの福浦酒店を創業し、繁盛させた祖父だ。けれども酒がコンビニやドラッグストアで売られるようになってからは経営が傾き、同時に祖父もみるみる元気が失くなっていった。今ではすっかり足腰も弱り、家の中でさえ壁伝いにそろりそろりと歩くようなありさまだ。

「おお、咲良、おかえり。今日は恵美ちゃんに会ってきたんだろ？　元気にしてたか？」

「うん」

「あの恵美ちゃんが、お母さんかあ。よくおしめをかえてやったなあ。咲良とはずっと仲良くしてくれてた。いつも一緒にいたもんなあ」

「え、そうだっけ？　いつもってわけじゃないでしょ」

祖父に当たっても仕方がないのに、ついふてくされた言い方になってしまう。祖父が目をぱちくりとさせていると、千夏が隣の椅子を引いた。

「おじいちゃん、座りなよ。今夜は鍋だよ」

「え、どうして鍋だと思うの？」

わたしが驚くと、千夏は「スーパーの袋に、白菜とかネギとか入ってたじゃん。二階から見てたんだ」とにやりとした。

暖かい自分の部屋の中から、姉が両手に重い食材を抱えて帰ってきたのを、スマホ片手に眺めていたわけか。手を貸そうという発想もなく。

咲良は無言で、冷凍庫の中からラップにくるんだ米飯を四つ取り出した。

「〆はおじやより、うどんがいいんだけどなあ」

のんびりと祖父が言うのを無視して、咲良は凍った米飯を電子レンジに放り込み、ボタンを押す。それから手鍋に湯を沸かした。

「おじやでもいいじゃん、おじいちゃん。お姉ちゃんに任せようよ」

「まあ、そうだな」

二人は呑気に頷きあっている。二人がスマホをいじっている間に、咲良は用意を済ませ、皿を置いた。

「ごはん、できたよ」

「え？」

顔を上げた二人は、固まっている。

「なにこれ」

「カレーライス。レトルトの」

「え、なんで？　鍋は？」

「知らない。あんたが勝手に勘違いしただけでしょ」

「そんなあ」

口をとがらせる千夏を無視し、「お父さーん、ごはんだよ」と和室に声をかけた。テレビの音が消え、父が「ちょうど腹減ってたんだぁ」と言いながら入ってきた。が、テーブルを見て、やはり固まっている。

「なあ咲良、昨日も、おとといもカレーじゃなかったか？」

父がおずおずと言った。

「いやなら食べなくていい」

冷たく言い放つと、三人は黙って食べ始めた。食卓の乱雑さはそのままに、みんな黙々とスプーンを口に運ぶ。咲良もチラシやDMをかきわけてスペースを作るとカレー皿を置き、食べ始めた。

一番最初に祖父が食べ終えた。

「ごちそうさま。ああ、なんだか頭痛い。風呂に入って、もう寝るよ」

祖父が立ち上がって風呂場へ行ったあと、千夏と父も食べ終えた。千夏はスマホをいじり、父は店から商品のカップ酒を持ってきて晩酌を始める。もちろん汚れたカレー皿もスプーンも、そして食卓に飛び散った汁などもそのままだ。

なにこれ。

誰も片づけようとしてくれないの？

どうして、わたしだけ？

汚れた皿を四人分運び、流しで洗う。涙がはらはらとこぼれてきた。

これが、わたしの生活。

祖父、父、妹のために家事をし、仕事もこなし、すり減っていく。

シンデレラも、きっとこんな気持ちだった。

家族に意地悪こそされなくたって、炊事に掃除に洗濯、と思い切りこき使われているのは同じ。いや……経済的な負担を考えれば、シンデレラより咲良の方が辛い立場なのではないか。

「痛っ！」

咲良は小さく叫んで、手を止めた。あかぎれだらけの指に、洗剤がしみる。手袋はかぶれてしまうから使えない。

誰か。

誰か、この生活からわたしを救って――

再び涙がはらはらとこぼれてきた。

その時、どすん、という鈍い音が聞こえ、咲良の思考は断ち切られた。続いて、何かが落ちたり割れたりする音。

「おじいちゃん⁉」

千夏の叫び声が、風呂場から聞こえてきた。咲良は湯も出しっぱなしにしたまま、風呂場へ急いだ。

祖父が風呂場の床の上に、倒れていた。

「大変‼　お父さん、早く来て！」

悲鳴のような娘たちの声に、父が慌ててやって来た。三人で祖父を抱えて、車に乗せる。咲良の足に何かが当たって倒れたが、気にしている余裕などなかった。

「おやじ、しっかりしろよ！　もうすぐ病院だからな！」

父の運転するライトバンの後部座席に、祖父を横たえ、咲良と千夏で落ちないように支えている。救急車を呼んだが、時間がかかるとのことだったので、自分たちで運ぶことにしたのだ。

父は猛スピードで住宅街を突っ切っていく。

「おじいちゃん？　おじいちゃん？」

千夏が涙声で呼びかける。しかし祖父は、目を閉じていびきをかいているだけだ。

「ねえ、いびきって良くないんだよね？」

千夏が洟をすする。

「大丈夫だよ、絶対に大丈夫」

励ましながらも、咲良だって不安でいっぱいだった。赤信号で急停車し、いらいらしながら青になるのを待つ。もどかしい。やっと青になり、父がアクセルを踏んだ。勢いよく加速していく。角を曲がってまっすぐ行けば病院——というところまで来た時だった。

「お父さん、危ない！」

前方に、ふらついた自転車が飛び出してきた。父が慌ててハンドルを切り、ぎりぎりのところでかわす。が、ホッとしたのもつかの間、車はそのまま、民家の塀に激突した。ものすごい音をたてながら、急ブレーキで車体がつんのめる。祖父の体が座席から落ちそうになったのを、かろうじて千夏と二人で押さえた。

「みんな、大丈夫か？」

運転席から、父がおろおろと振り返る。

「わたしたちは大丈夫だけど、おじいちゃん、どうしよう」

「病院はすぐそこだ。救急車を出してもらうよ。ああ、こんなことなら最初から救急車を待っておけばよかったなあ。くそ……おやじ、しっかりしてくれよ」

父はスマホで119に電話をし、急いで救急車に来てもらうよう頼んだ。救急車の手配がすんでホッとしたのもつかの間、咲良は窓から外を眺めて愕然とした。塀が、完全に倒壊している。

「お父さん、大変なことになってるよ」

祖父のことで頭がいっぱいになっていたのだろう、放心状態になっていた父は、外の光景に血相を変えた。

「マジかよ……最悪だ」

父はふらふらとライトバンを降りる。塀の下を確認すると、「人が下敷きになってなくてよかった。不幸中の幸いと思わなくちゃな」と泣き笑いのような顔をした。そしてその家のインターフォンを押す。しかし住民は留守なのか、出てこなかった。

音を聞きつけて近隣から十名ほどの野次馬が集まる中、救急車がやってきて、祖父と、付き添いの千夏を連れて行った。面白がってスマホをかざし、どうやら録画しているらしい者もいる。

「人の不幸を面白がるなんて。あーあ、早く警察来ねえかなあ。早くここから離れたい」

父がため息をつき、何かに気がついたようにハッと顔色を変えた。

「しまった。俺、飲んでたんだ」

そういえばそうだった。一瞬、咲良の頭が真っ白になる。事故を起こした上に飲酒運転となれば、逮捕は免れないだろう。

「お父さん、わたしが運転してたことにしよう」

「え？　で、でも」

そんなやりとりをしているうちに、自転車に乗った警察官がやって来るのが見えた。

やじ馬の視線が集まる中、咲良は車から出る。

「ありゃ、これはひどいね」

警察官は崩れた塀と、凹んだライトバンを交互に見た。

「で？　あなたが運転していたの？」

「はい。わたしが運転していました」

「お名前は？」

「福浦咲良です」

「じゃあ免許証を見せて」

車のドアを開け、バッグを取ろうとした。その手を父が押さえる。

「ダメだ、咲良。こんなのダメだ。俺は、お前の親父だぞ」

父は素早く車から出ると、

「すみません、おまわりさん。運転していたのは、自分です」

と頭を下げた。

「ん？　どういうこと？」

メモを取っていた警察は、視線を父親と咲良に移した。

「酒、飲んでたんで」

「あー、なるほど。そういうことか」

警察が、苦笑いをした。

「それはまずいねえ。署までちょっと来てもらわないと。お嬢さん、あなたもね」

大ごとになりそうだと覚悟した瞬間、警察官の視線が咲良たちの後ろで止まる。つられて振り向くと、空が赤々と燃えていた。遠くで消防車のサイレンが聞こえる。警察官が胸にさしている無線機が、雑音交じりの音声を発した。

「××町の福浦酒店より出火との情報――」

咲良と父が息を呑み、顔を見合わせた。

「まさか、うちなのか？」

「どういうことなの？　どうして――」

言いかけて、咲良はハッとする。

祖父を車まで運ぶとき、何かが足に当たって倒れた。もしかしてあれは、石油ストーブだったんじゃないだろうか。

「わたしのせいだ……」

咲良はその場に頽（くずお）れた。

2. 孝太

――どうして来てしまったんだろう。

泉澤孝太(いずみさわこうた)は、水割りをあおりながら、つくづく後悔していた。

ビュッフェ形式の会場は、あちこちに会話の輪ができ、誰も彼も楽しげに談笑している。そろそろ料理もデザートも少なくなってきた。早くお開きの時間が来ないかと、孝太はいらいらと腕時計を見る。

「おー、泉澤じゃん」

背後から、羽交い締めにされる。酒臭い息が耳にかかった。

「おう、久しぶり、鹿島(かしま)」

孝太は彼の腕から離れると、無理やり笑顔を作った。

「開業したんだってな。すげえな」

鹿島は真っ赤な顔をして、下品に笑いながら、孝太の肩を叩く。

「ああ、まあな」

「奥さん、元気？　看護科で一番の美人だったよなあ」

そらきた。

「いや……亡くなったんだ」

「——え？」

鹿島の、酔いでゆるんだ顔が、急に引きしまる。沈黙が流れ、気まずい空気になった。

「ご……ごめん、知らなくて」

「いいんだ」

「本当にすまない。無神経だった」

「だから、いいって」

「こういうこと聞いちゃっていいのかな。原因は？」

聞いちゃっていいのかな、なんて思うなら、聞くんじゃねーよ。

「いや、ほら、もしも病気だったとしたらさ、なんというか、その医者として、お前も、こう、無念なんじゃないかって——」

そんなもっともらしいことを言いながらも、結局は興味本位なのだ。イラつきながらも、孝太は答える。

「病気じゃない。交通事故なんだ」

「あ、そ、そうなんだ。それはそれは、また——」

鹿島は語尾をもごもご濁すと、「じゃあな、元気出せよ」とそそくさと去っていった。

鹿島はそのまま別の輪に加わると、孝太の方を見ながら何やら話している。何人かが気の毒そうな視線を孝太に向けた。

五年ぶりの、医学部の同窓会。前回は家庭も仕事もうまくいっていて、幸せの絶頂だった。たったの五年で、どん底に落ちてしまうとは。

同窓会の案内が来た時には、出席するかどうか迷った。妻が亡くなって半年。ごく親しい友人たちにしか連絡しなかったので、大半は知らないはずだ。同情されたり好奇の目で見られたり、不愉快な思いをするのはわかりきっていた。

だけど、それでも出席に○をつけた。その場にいなければいないで、おそらく誰かに話題にされる。それがイヤだった。それならいっそ出席して、知らない連中には自分の口から話した方がいいと思ったのだ。

けれども結局はみじめなだけだった。妻の死を知っている連中は、孝太を腫れ物に触るように扱う。自分の家庭のことを話すことを遠慮し、ぎくしゃくする。知らない連中には、説明するたびに妻の死を思い出して、心がえぐられる。

やっぱり来るべきじゃなかった――

孝太は飲み納めとばかり、立て続けにウィスキーをあおると、誰にも何も言わずに会場を後にした。

風が冷たいが、それでも酔った顔はほてっている。アルコールの蒸気を噴き出しているのではと思うほど、息は酒臭い。グラグラする頭を何とか支えながら、駅へ向かう。

途中で何度も車にクラクションを鳴らされた。

行き交う車を眺めながら、妻を思い出す。交通事故で亡くなった妻を。けれども、涙は湧いてこない。憎しみが募るだけだ。

葬式に来てもらった親しい友人たちにも、話さなかったことがある。それは妻が事故死した時、浮気相手とともに車に乗っていたということだ。

いや――浮気ではない。

本気だったのだ。

『一緒に生きていきたい人がいます。

お願いですから離婚してください。

さようなら』

ちょうど半年前の真夜中、たまたま水を飲みに台所へ行くと、そんな書置きがダイニングテーブルの上に置いてあった。ぎょっとして水を口から噴き出しそうになった時、携帯電話が鳴った。

時間が時間なので、妻からだと思った。ごめんなさい、やっぱり間違ってた、今から戻ります、という電話。寛大な心で許そうと決めて着信を見ると、全く知らない番号だった。××署の者だと名乗った女性は、妻が交通事故で死んだことを気の毒そうに告げた。

それからのことは、あまりよく覚えていない。二階で眠っていた一人娘のカオリを起こし、警察署に駆けつけ——現実感のないまま葬式や四十九日が済んでいった。その間、坦々と仕事もこなした。やっと精神が現実に追いついたころには半年がたっていた。

妻のいない日々に、喪失感はある。けれども悲しみはない。妻に愛想をつかされ、捨てられた自分への情けなさと、憤りと、残されたカオリの不憫さがあるだけだ。

小学二年生のカオリには、母親の死というものがよくわかっていた。ママ、ママと毎日泣いていたが、自分なりに頑張らなければと思っているのか、数か月ほどで泣かなくなった。しかしそれがまた孝太には健気で、不憫に思える。

娘と男親、という組み合わせは、なかなか難しい。もしも息子だったら、髪は短く刈っておき、清潔でさえあれば適当な服を毎日着せておけばよい。だけど娘となるとそうはいかないのだ。髪を毎朝編み込みにしてくれないとイヤだと言う。遠足の弁当は可愛らしいキャラ弁でないと恥ずかしいと言う。

母親なら、忙しい朝でもスイスイと編み込みができるのだろうが、孝太はそうはいかない。それでも、ユーチューブで動画を見ながら毎朝格闘し、なんとか仕上げる。「ママがいればよかった」と言われないために、必死で頑張っているつもりだった。

編み込みの腕も、キャラ弁もなんとかなってきたと思っていた矢先、やはり自分は到底母親の代わりになどなれないと痛感する出来事が起きた。

すでに学校で生理のこと、精通のこと、生殖のこと、つまり性教育が行われたということを、担任からの電話で初めて知ったのである。学校から性教育について家で話し合い、記入して提出するワークシートを配ったと言うが、孝太はカオリから渡されていなかった。

「松村先生から電話あったよ。『わたしたちの大切な体』っていうワークシート、出さなくちゃいけないんだって?」

カオリに言うと、顔を真っ赤にし、泣き出してしまった。絶対にパパとはこんな話したくない、と頑ななので、結局、自分のクリニックに勤める年配の女性看護師に頼んで、カオリと一緒にワークシートに記入してもらった。

いつかは性教育をしなくてはならないと覚悟はしていた。男親には難しいだろうとも。だけど自分の時代には小学校高学年で行われたから、まだ何年も先のことだと思っていた。まさか今の時代、こんなに早いとは。

やはり父親ではダメなのだろうか——

これから思春期を迎えるカオリのことを思うと、あんな母親でもいてやってくれたらよかったのに、と弱気になってしまう。

このまま、どうなるんだろう? まともな女性に育ってくれるんだろうか? まだ八歳のカオリが、ティーンエイジャーになり、成人していくのがどうしても想像できない。

酔いが深く、歩くたびにブレる視界の先に、若い女性の姿が目に留まる。本当に、いつかあんなふうに、化粧をして、おしゃれをして、パンプスなど履く日がくるのだろうか？

「どうも申し訳ございませんでした」

その若い女は、誰かに頭を下げていた。やっとそこが警察署の玄関で、警察官に向かって謝っているのだとわかる。

いったい、こんな時間にこんな若い娘が何をしたっていうんだ？　警察の世話になるなんて乱れてるな、けしからんと思いつつ、興味が湧いて、耳をダンボにしながらゆっくりめに通り過ぎる。

「お父さんは、このまま今晩は泊まってもらうことになると思うけど。まあ、あなたも、なんらかの処罰を受けることになるかもしれないからね」

「わかってます。ご迷惑をおかけしました」

おいおい、父と娘で何かやらかしたってわけか？　もしかしたら、うちみたいに父子家庭なのかもしれない。

一瞬、彼女の姿がカオリに、そしておそらく留置場に入っているだろう父親が自分に思えた。このままじゃ、カオリもろくでもない子になっちまうんじゃないか。

はあ、とため息をついて頭を振る。暗い想像しか湧いてこない。とぼとぼと歩いていると、突然視界が眩しくなった。顔を上げると、暗闇の中から大きな二つのライトが近づいてくるのが見える。

なんだ、あれ。

もしかしてネコバス？

アルコールにずぶずぶに浸された脳みそが、やっとネコバスなどではなく、バンだと理解する。クラクションが何度も鳴らされた。

あれ、このままじゃヤバいんじゃないか？

僕、ひかれる。

ちょっと焦ったが、いや、もうどうでもいいか、という投げやりな気持ちが湧いてきた。

そうだよ、このままこうしていれば、全て終わる。

もう何も考えなくても、心配しなくてもよくなる――

目をつぶろうとした瞬間、強い力で体を引っ張られた。気がついたら、地面に転がっている。

「何してるんですか？　危ないですよ」

若い女性が、孝太を抱き起こした。さっきの女性だった。

「いやいや、どうもすみま――」

口を開いたとたん、嘔吐していた。

嘘だろ、ありえない、と思いつつ、何度も何度もえずいた。女性の服が、靴が、嘔吐物まみれになる。最低だ、最低だ。それなのに、彼女は文句も言わず、背中をさすり続けてくれた。


目が覚めた時、自宅のベッドにいた。

二日酔いで頭がガンガンしていた。ゆうべ、可愛い女の子の前で大失態を演じた気がする。どうか夢であってほしいと思いながら起きたが、洗面所には嘔吐物まみれで異臭を放っているスーツがあり、床には女性からもらったと思われる名刺が落ちていた。

××市 児童福祉課 福浦咲良
ああ……やっぱり夢じゃなかったか……。

最悪だ。

いや待て、最悪なのは、見知らぬ男にゲロをかけまくられた、この女性の方だ。

とにかく、お詫びをしなくては。

そう思いながら、サイドテーブルを開ける。大量の注射用のシリンジ、注射針、アルコールコットン、様々な薬液が整然としまわれている。孝太は強力ネオミノファーゲンシーのアンプルを取り出し、シリンジを取り出して針をつけると、薬液を吸い込んだ。

それから左手と口を使って右腕にくっ血帯を巻き、静脈に注射する。この注射には肝機能の改善や細胞膜の再生を促す働きがあり、二日酔いに効くのだ。サイドテーブルの中には、他にもプラセンタやビタミンなどの薬液もある。

注射をさっと終えるとシャワーを浴び、カオリを起こしに行った。

カオリが洗面し着替えている間、朝食を作る。パンをトースターに入れ、目玉焼きを作り、ウィンナーを茹でる。ウィンナーを炒めずに茹でるのは、少しでも脂を落としてヘルシーにという配慮からだ。

こういうところ、自分では母親以上に気を配れていると思うのだが。妻はいつも、目玉焼きと一緒にフライパンで炒めていた。孝太は、炒めた後、冷めたフライパンにグリースのように脂が固まっているのを見て、常に気になっていた。しかし料理をしてもらっている以上、遠慮して言えなかった。

慌ただしく学校へ送り出すと、開業しているクリニックへ向かう前に、寝室の隣に作ったアトリエに入る。

趣味の陶芸ができるように、電気の陶芸窯、そして大きな作業台がある。

まだカオリが小さかったころに三人で行った旅先で、たまたま陶芸体験で猫の人形を作り、すっかりはまってしまったのだ。陶芸といえば湯飲み茶わんや皿という先入観があったが、動物や人間など、いろんな形を焼けるということに魅せられた。また単純に、無心になって土をこねていると、仕事のストレスが解消されるというのも大きかった。

自宅に陶芸窯まで据え付ける孝太に繭香(まゆか)はあきれていたが、それでも孝太が自分と繭香とカオリを象(かたど)った三体の人形を作ってみせると、嬉しそうに微笑んだ。今では孝太とカオリの人形だけが備え付けの飾り棚に残っているだけで、繭香の人形は、葬式の後すぐに叩き割って捨ててやった。

飾り棚には、その他にも可愛くデフォルメされた犬や牛、ブタなどがある。どれも愛嬌たっぷりで、我ながら良い出来だと自負している。

アトリエには陶芸ナイフなど危険なものもあるし、乾燥中の作品を触られても困るので、カオリは立ち入り禁止にしている。

今朝のように本調子でない時は、仕事に出る前にアトリエに行き、両手を使って土をこね、心と体をしゃっきりさせることにしていた。十分ほどこねたあと、やっと孝太はクリニックへと向かう。向かう、といっても、自宅の一階なので、階段を下りるだけだ。

自宅に併設されているとはいえ、クリニック内は広く、駐車場も十台駐められる。胃と大腸の内視鏡も備えてあるし、日帰りでポリープ手術も可能だ。県から肝炎専門医療機関の指定も受けている。個人病院としては、なかなかの規模だと自負している。

「おはようございます」

クリニックの裏口へつながった階段を下り、ドアを開けると、開院前の準備をしていた看護師の西中が笑顔を向けた。三人の子供を育て上げた肝っ玉母さんで、孝太も時々カオリのことを相談したりしている。西中さんに採血されると痛くない、と患者からの信頼も厚く、看護師としての腕も確かで、開業時から今まで、なくてはならない存在だ。

「先生、なんだか元気がないですね。大丈夫ですか?」

「昨日、飲みすぎちゃって」

「ああ、同窓会でしたっけ。ビタミン剤でも点滴します?」

「いや、いいよ。さっき強ミノ打ったから」

「そうなんですね。じゃあ患者さん入れ始めていいですか?」

開院は九時半で受けつけ開始は九時十五分だが、九時前からクリニックの前には毎日十名程度の列ができている。

「うん、お願い」

孝太は白衣を羽織ると、電子カルテを映し出すモニターの前に座った。すでに最初の患者の情報が呼び出されている。

そこからは忙しいいつものルーティンだった。患者は途切れることなく、次々とやって来る。診察し、採血の指示を出し、処方箋を書き、ワクチンを打ち、レントゲンを撮り、検査結果を伝え——午前診療の受付締め切りは十二時だが、孝太が昼休みを取れたのは二時半だった。

やっと昼食を取り、午後の診療が始まる四時まで休息を取ることができる。夕方も忙しくなるだろう。今の時期は特にインフルエンザも多い。しっかり食べて、休んでおかなくては。

白衣を脱ぐと、裏口から二階に戻り、先週作って冷凍しておいたカレーを食べる。つい自分ひとりの時は、手を抜いてしまう。朝食と夕食の準備だけで、精いっぱいだった。

ふと、食卓の上に置かれた名刺が目に入る。そうだ。まだ謝罪の電話をしていない。

スマホを取り出し、名刺の裏にボールペンで書き添えられた携帯番号を押しながら、少しドキドキしている自分に気がつく。そういえば結婚して以来、仕事を除けば妻以外の女性に電話をするなんて初めてかもしれない。

——もしもし？

可愛らしい声だった。

昨晩、あれほど酔っていたのに、テレビでよく見かける女優に似ていたから、彼女が整った顔立ちをしていたということはしっかりと覚えている。

「あ、あの。泉澤です。昨日は助けていただいた上にご迷惑をおかけして……どうも申し訳ありませんでした」

——ああ、ゆうべの！　あれから大丈夫でしたか？

「ええ、なんとかタクシーで帰ってこられたみたいです。今日も普通に仕事しています」

——よかった。

「服とかバッグとか、あと靴も、弁償させてください」

——いいですよ、そんな。安物ばっかりですから。

「それじゃあ僕の気がすみません。お願いします。あんなにご迷惑をかけて何のお詫びもお礼もできないなんて、余計に困ります。お願いですから、弁償させてください。もしおイヤでなかったら、お食事でもご一緒させていただいて、それから買い物に行きませんか？」

——でも……。

相手が黙り込む。押しつけがましかっただろうか。

「では、お気が変わったら、お電話をください。名刺は渡してますよね？」

——あ、そういえば……。

取り出しているのか、がさごそと音がした後、

——本当によろしいんですか？

と遠慮がちな声が聞こえてきた。

「もちろんです」

明日の夕方に会う約束を取り付けて電話を切ると、自然に笑顔が浮かぶ。

午後の診察の間も、なんだか心が軽かった。カルテを打ち込む指も、心なしかリズミカルだ。お詫びとお礼をするだけだぞ、と自分を戒める。わかっている。それなのに、男って奴は。

苦笑した時、胸ポケットのスマホが震えた。着信画面を見ると、××南小学校、という文字が出ている。次の患者を呼ばないように西中に言うと、孝太は通話ボタンを押した。

「――え？　カオリが怪我を？」

診察を待っている患者たちに謝って帰ってもらい、慌てて学校へ駆けつける。だだっ広い職員室の隣に、いくつかのパーティションで区切られた面談室がある。そこへ通されると、すでに眼帯をしたカオリが、担任の松村と共にソファに座っていた。

「カオリ！」

駆けよって、抱きしめる。

「大丈夫か？　痛みは？」

「平気」

とにかく元気な顔を見ることができてホッとする。

「当校提携の眼科医に診察してもらいました。異常はないということです」

横から、おずおずと松村が言う。まだ新任の若い女性で、なんとなく頼りない。

「あの……ごめんなさい」

パーティションにひっつくようにして、少年が立っていた。カオリしか目に入っておらず、全く気がつかなかった。

こいつがカオリの目にドッジボールを当てたのか。

少年は松村に促されて「横山渉（よこやまわたる）です。ごめんなさい」ともう一度頭を下げた。ふてくされたような、ぶっきらぼうな口調。感情がこもっていない。無理やり謝らされているのが伝わってくる。

叱りつけたい衝動を、かろうじてこらえる。孝太は、この小学校の校医でもある。トラブルは避けたかった。

「どういう状況だったのか、説明していただけますか」

それでもつい詰問口調になると、神妙な顔をして担任が口を開いた。

「放課後のことだったので、正直、わたしどもは見ていなかったんです。ホームルームが終わったら、校庭で遊んで帰ってもいいことにはなっていますが、あのう、あくまで自己責任の範囲になりますので」

心なしか、「自己責任」という単語が強く聞こえた。申し訳なさそうな表情をしつつも、結局は「学校に責任はない」と言いたいわけか。

授業は六時間目までの日で三時半に終わり、ホームルームは四時前に終わる。それからは学内にある学童で宿題をしてもいいし、校庭で遊んでもいい。確かに、放課後まで担任に目を光らせておけというのは酷だろう。しかし、ここまで面と向かって自己責任と言われると、やはり釈然としないものがある。

「ですが、男の子が女の子に、しかも顔面にボールをぶつける、というのは問題があるのではないでしょうか。普段からどういうご指導をされているのかと――」

「普段から指導しているのは、男女仲良く、仲間外れなく、いじめなく、遊ぶということです」

松村はきっぱりと言う。

「いやしかし――」

「横山くんは謝っています。彼なりに深刻に捉え、心配しているんです。どうか、その気持ちを汲んでやっていただけませんか」

ふざけるな、謝って済む問題じゃない、こっちは娘を傷つけられてるんだぞ――校医という立場などそっちのけで言おうとしたとき、さらに奥のパーティションから金切り声が聞こえてきた。

「どういうことですか⁉　カッターで切れたって、うちの子、ピアノ習ってるんですよ⁉　いくら工作の授業だったからって、ちゃんと見ててくれないと！　先生の責任ですよ、土下座して謝って下さい！」

それに続いて、「いや、ですからそれは」「工作の一環で」「傷も浅いですしバンドエイドを」「学校に来ている限りは、どうしても多少の怪我は——」としどろもどろの言葉が聞こえる。

推測するに、指をカッターで切ったということか。傷が浅いとかバンドエイドとか言っているから、どうせ大したことないのだろう。それなのに、あんなに大騒ぎしてわめきたてて。あれがいわゆるモンスターペアレンツというやつか。

一瞬注意がそれたが、孝太は再び目の前の教師に視線をやる。

「ですからね先生、弱い立場の生徒の身になって考えてほしいんですよ。こっちは女の子ですよ？　顔に傷でも残ったら大変だし、しかも、目だなんて——」

「いえ、眼科医曰く、当たったのは目ではないそうなんです。額の、眉の上あたりだろうとのことでした」

「え？」

孝太はあらためてカオリの顔を見る。そう言われてみれば、ほんのりと赤い。

「だったらどうして眼帯をしてるんですか？」

「カオリちゃんが、眼帯をしたいと言い張ったので」

「そうなのか？」

確かめると、カオリがこくんとうなずく。

「でもとにかく、女の子の顔面に当たったことには変わりないんですよ？　可哀そうに、さぞかし怖かったと思います。それに、異常がないように今は見えるかもしれないけど、あとあとどんな症状が出てくるかわからないじゃないですか？　万が一の時、その眼科医は責任とってくれるんですかね。それに、そんなことになった暁には、学校の対応にも問題がなかったかどうか、責任が問われますよ？」

自分の声に、奥からの金切り声が重なる。松村が、眉をひそめて自分を見ていることに気がついた。ふと、もしかして自分もモンスターペアレンツだと思われているのではないかと思い至る。

そうなのか？　こんなこと、大したことないのか？　はたから見れば、自分もあの女性と同じような、「学校に来ている限り多少はどうしようもないこと」を主張しているのか？

「――とにかく、今後は気をつけてください」

孝太が突然締めくくると、松村は一瞬驚いたような表情をしたが、この機会を逃してはなるまいとでもいうように「もちろんです。ご理解いただきありがとうございます」と椅子に座ったまま頭を下げた。

むしゃくしゃした気持ちで面談室を出て、靴箱へ向かう。

「大変だったな。パパの知り合いにも眼医者がいるから、今から診てもらおう」

「いい」

「でも心配だから」

「いいってば、本当に」

上靴からスリッポンシューズに履き替えながら、カオリが強く言った。

「……わかったよ。だけど何かあったら、すぐ言うんだぞ」

歩き始める時、いつものようにカオリと手をつないだ。が、強く振り払われる。

「カオリ？」

「学校で手なんてつながないでよ。恥ずかしいじゃん」

「恥ずかしいって――」

ショックだった。

今でも、道を歩くときには手をつないでいる。だけど、父親と手をつないでいるのを友達に見られるのが恥ずかしいと思うようになったのだ。

もしもこれが母親だったなら、恥ずかしがらなかったのではないか。こんな拒否の仕方をされなかったのではないか――そう思わずにはいられない。

そう、繭香だったなら。繭香はきれいだったし、おしゃれで、カオリの自慢だった。

きれいなお母さんだね、と友達から言われるたび、誇らしげだった。

「じゃあ校門を出たら、駐車場に着くまではちゃんとつなぐんだぞ」

カオリは返事もせず、むすっとした表情でひとりで歩いていく。

「カオリちゃん！」

どこからか声が聞こえ、カオリが足を止める。校庭の方から、おさげ髪の女の子が走り寄ってきた。

「こんにちは、カオリちゃんのお父さん」

しっかりして、礼儀正しい子だ。

「こんにちは」

「カオリちゃん、ぶつけられたところ、大丈夫？」

大人びた仕草で、カオリの前髪を持ち上げ、のぞき込む。

そういえば、見たことのある子だった。繭香の葬式にも参列してくれたのではなかったか。あの時も確か、カオリを心配してくれていた。

「きみは、同じクラスの子かな？」

「はい。小林来美（こばやしくみ）といいます」

はきはきした口調。こんな子が同じクラスで、しかもこうして気にかけてくれることが心強かった。四月にクラス替えがあってから、カオリはまだまだなじめずにいる。

「まったく、渉もちゃんと気をつけないとね。まったく、あいつ、いつも乱暴なんだから」

「渉君は、いつも乱暴なのかい？」

思わずしゃがみこんで、来美の顔を覗きこんでいた。貴重な証言だ。

「はい。カオリちゃんは大人しいし、優しいから、狙われるんです」

やはりそうだったのか。渉のふてぶてしい態度を思い出して、また腹が立ってくる。

「だけど大丈夫よ、カオリちゃん。わたしがいる」

来美が、カオリの両手を握った。

「カオリちゃんをいじめたら、わたしが許さないから」

きっぱりと言い切る来美に、大人である孝太の方が、胸にじーんときた。

「よかったな、カオリ。こんなに友達思いの子がいてくれて」

「お父さん……わたしたちは友達じゃありません」

来美が首を横に振る。

「え？」

「親友です。カオリちゃんは、わたしの親友」

「来美ちゃん……」

不覚にも、涙ぐみそうになった。ふがいない担任教師に失望していた孝太にとって、大げさでなく救世主に思えた。

「仲良くしてくれてありがとう。これからも、カオリをどうかよろしくね」

「はい！」

利発そうな瞳をキラキラさせて、来美が笑った。さよなら、と手を振りながら、孝太とカオリは校門を出て、車に乗り込む。

「いい子だな、来美ちゃん。カオリにあんなにいい友達がいたなんて知らなかったよ。おっとごめん、親友、なんだったな」

「――い」

「ん？　なんだ？」

「来美ちゃん、嫌い」

孝太は耳を疑った。

「おい、カオリ」

「大っ嫌い、あんな子。親友なんかじゃないよ」

「そんな言い方はないだろう。いい子じゃないか」

「別にいい子じゃないよ」

「カオリ！」

珍しく厳しい口調になった。カオリが少し、びくっとする。

「人間には誰だって欠点はあるし、友達だからこそケンカもするだろう。だけど、友達は大事にしなくちゃいけないぞ。パパは、ある意味、そっちの方が勉強なんかよりも大事だと思ってる。友達は財産なんだ。あの子は、あの乱暴な男の子からカオリを守ると言ってくれた。なかなか言えることじゃない。感謝しなさい」

いいこと言った、と悦に入る。来美に心から感謝しつつ、車を発進させた。

「パパのバカ」

「……え？」

「ママだったらそんなこと言わないのに。ママはカオリのこと、ちゃんと理解してくれようとしたのに！　パパなんてだいっきらい！」

3. カオリ

ママがいい。

ママが恋しい。

あたしは助手席でしゃくりあげた。

どうしてパパって、こんなにとんちんかんなんだろう？

パパは、泣きじゃくるあたしにおろおろしながらハンドルを操作してる。

涙が、眼帯に吸いとられる。あたしは眼帯に触れた。

そもそも、どうしてこうなったか――

あたしは今日の学校での出来事を思い出す。耳に、渉の「シュートぉぉぉぉ！」という元気いっぱいの声がよみがえってきた。

「やりぃ！」

「さっすが渉！」

「さあ、もういっちょ行くぞ」

昼休みに校庭でサッカーをしている渉を、つい目で追ってしまう。渉はいつも元気いっぱいで、誰にでも優しい。だから人気者だ。

二年一組のクラスは三階にある。そしてあたしの席は、校庭の見える窓際の席。そう、昼休みや放課後に、渉を見るには特等席だ。

渉とは、二年生になってから同じクラスになった。運動神経が良くて、体育の授業では特に目立つ。跳び箱も、マット運動も、ダンスも、なんでも上手だ。

いつの間にか、あたしは渉を目で追うようになっていた。それが、「好き」っていう気持ちにつながってるってことも、ちゃんとわかってる。

渉が笑ってくれると、胸がきゅっと縮むような感じがする。なんだろう……レモンをかじった後みたいに、胸が酸っぱくなるんだ。

この特等席からは、校庭の渉の声だってよく聞こえるんだ。ときどきは目をつぶって、声だけに耳を澄ませることもある。

「渉ー、あんた日直でしょ。お茶のヤカン、まだ教室に置きっぱだよ」

あれは来美の声だ。

「あ、やべ。忘れてた。やっといてよ」

「ばーか、ダメだよ。自分でやりな」

「ばかとは何だよ、おまえ」

目を開けると、渉が来美を追いかけていた。きゃーっと笑いながら、来美が逃げていく。

いいなあ、来美は。

あたしだって、あんな風に渉と話したり、遊んだりしたい。

だけど、なかなかできない。

もともと、自分でも引っ込み思案なタイプだと思う。二年生にあがった時、クラス替えがあって、一年の時にやっと仲良くなった子とは離れてしまった。今のクラスでも頑張って友達を作ろうとしたけれど、そんな時にママが死んじゃって、お葬式とかいろんなことで学校を休んでしまった。だから結局、なじめずにいる。

予鈴のチャイムが鳴った。

お昼休みは終わり。

みんな、ぞろぞろと帰ってくる。もちろん渉も。渉は汗をかいていて、しきりにタオルで顔をぬぐっていた。

「さ、行こ行こ！」

みんながピアニカのケースを持って、廊下へ出て行く。あ、そうだ。五時間目、音楽だったんだ。渉に見惚れてて、ぼんやりしてた。

あたしは教室の後ろにある棚からピアニカを取ると、みんなについて音楽室へと向かった。だけどもうすぐ音楽室ってところで、立ち止まった。

ホースが、ケースに入ってない。

なんだかツバ臭かったから、家に持って帰って洗ったんだ。ちゃんと学校には持ってきてるけど、カバンに入れっぱなしじゃん。

あたしは大急ぎで戻った。本鈴のチャイムが鳴る。最悪だ。

誰もいない教室に入って、カバンの中からホースを取り出す。駆け足で音楽室に向かおうとして——立ち止まった。

だって、渉の机の上に、タオルが置いてあったから。

さっき、渉が使ってたタオル。

思わず、手に取った。

広げてみると、リロ&スティッチだった。えー、キャラクターが好きなんだ？　意外！　可愛い！

これをさっき使ってたんだなあ——そう思ったら、なんだかドキドキして、どうしても欲しくなった。

タオルハンカチを、さっとカバンに入れた。

渉のものを、手に入れちゃった。

顔が熱くなった時、廊下から「あー!!」と大声が聞こえた。来美だった。

「ダメだよ、カオリちゃん！」

来美が教室へ入ってくる。なんで？　なんでここにいるの？

「チャイムが鳴ってもカオリちゃんが来ないから、どうしたのかなって。先生に許可をもらって、見に来たんだよ。だけど、まさか人の物を盗むなんて」

「違うよ。届けてあげようと思っただけだよ」

「嘘。だってカバンに入れてたじゃない」

「だって、でも——」

頭が真っ白になる。

「あ、じゃあ、返すから。元通りに戻しておくから。だから誰にも言わないで。ね？」

あたしはタオルハンカチをカバンから出して、渉の机の上に置いた。

「返したから。これでいいでしょう?」

来美は、何も言わず、黙ってあたしを見つめてる。

「音楽室、行こ。もう授業始まっちゃってるし。ね?」

あたしは来美の腕を引っ張って廊下に出た。来美はそのまま無言で一緒に歩く。

よかった。わかってくれた――

「先生、緊急事態です」

来美は、いきなり松村先生にそう言った。音楽の先生イコール担任だから、「何があったの?」と不安そうにあたしと来美を交互に見た。

え、まさかね?

まさか、この場面で言う?

止めようと思ったけど、遅かった。来美は、みんなに聞こえるような声で言った。

「カオリちゃんが、渉くんのタオルを盗もうとしてて……っていうか盗んで、それなのに、わたしに見なかったことにしてって頼むんです」

「泉澤さん、それは本当なの?」

松村先生が、ピアノのところから離れてあたしの前に立つ。

仕方なく頷くと、「泉澤って、渉のことが好きなんじゃねーの」と誰かが言い、教室がどっと沸いた。渉と仲の良い男子だった。バカ、なんてこと言うの。かぁっと顔が赤くなったのが自分でもわかる。

「す……好きじゃないよ！」

あたしが叫ぶと、笑い声が引いていく。

「全然好きじゃない。大嫌いだよ」

しんと静まり返った教室に、あたしの声だけが響いた。

「冗談に決まってるっつーの」

その男子が、鼻を鳴らした。

「お前が渉のこと嫌いなの、みんな知ってんだからさ。な、渉？」

――え？

「まあな。お前、いつも俺のこと睨んでっから」

渉が苦笑する。

え、ちょっと待ってよ。

嫌ってなんか……

「怖いよな。俺らが騒いでると、じとーって見てさ。うるせーなーって思ってんのが、めっちゃ顔に出てる」

別の男子も頷いた。

そんなはずない。

睨んでなんかいない。

うるさいと思ってなんかない。

だけど、こんな状況じゃあ、口が裂けても「好きだから見てる」なんて言えない。あたしは黙るしかなかった。

「物を取ったり隠したりってさ、典型的ないじめだぜ」

いじめ⁉

なんでそうなんの。

ああ、でも、そっか、そう思われたから、こんな大騒ぎになっちゃったのか。

ますますどう言い訳していいかわからなくなる。

「あー、また睨んでる。こえー」

誰かが言った。

あたしは一重まぶたで、普通にしていてもなぜだか目つきが悪いと言われてしまう。

「違うもん！」

あたしは大声を出した。

「睨んでないし、いじめてなんかない」

「はあー？　だけど、お前、実際、タオル盗んだわけじゃん」

盗ったのか盗らなかったのかと問われれば、確かに盗った。

だけど――

何も言えずうつむいているうちに話はどんどん大きくなり、ついには終わりの会にまで持ち込まれてしまった。黒板には「いじめをかんがえる」「いじめを早いうちにとめる」とチョークで書かれている。

なぜいじめがいけないのか、人のものを盗んではいけないのか――そんなことが延々と議論されている中で、誰かが「そういえばさあ」と口を挟んだ。

「前さ、活動費が盗まれたことあったじゃん？」

活動費は学芸会や運動会、遠足、文集づくりなどにかかるお金のことだ。毎学期に一回、数千円ずつ集めるのだけど、二学期に何人かの活動費が盗まれてしまうという事件があった。

「あれも、泉澤じゃねーの⁉」

疑惑の目が、いっせいにあたしに向いた。

そんなもの、指一本触れていない。けれども、教室にビミョーな空気が流れ始める。

「あ、わたし、消しゴム失くなった」

「わたしもノートが失くなったことあるよ！」

やめて。そんなの知らない。

全部押し付けないで――

そう叫ぼうとしたとき、

「カオリちゃんを責めないで！」

と声が上がった。驚いて見ると、来美が立ち上がり、わなわなと唇を震わせている。

え、なに？

なんなの？

わけがわからないまま、来美が続ける。

「カオリちゃんは、お母さんを亡くしたんだよ？　今、お父さんしかいないの。さびしいの。いろんな不満が心にたまってるの。だから、むしゃくしゃしてたんだと思う。お金盗ったのも、ハンカチ盗ったのも、さびしい気持ちからなの。カオリちゃんは可哀そうなの。みんな、許してあげて」

長いセリフを語る間に、来美の声は震えだし、最後にはぽろぽろと涙を流し始めた。

あっけにとられて来美を眺める。そんなあたしにつかつかと来美が歩み寄り、両手を取った。

「カオリちゃん」

大げさに、鼻をすする。

「わたしだけは、誰が何と言おうと、ちゃんとわかってるから。わたしたち、親友だから」

涙で目を潤ませ、にこっと笑う。

こういうの、なんていうんだっけ。一生懸命頭を巡らせて、最近漫画で学んだばかりの言葉を思い出そうとする。

茶番。

そう、茶番だ。

それなのに、あたしの耳に入ってきたのは、教室のあちこちから聞こえる、鼻をすする音だった。見回すと、クラスの大半が目を潤ませている。先生まで！

ちょっと、勘弁してよ。

こんなの完全に来美の独擅場じゃん。あたしはその材料にされただけ。悔しくて、手を振り払った。

「あんた、ばかじゃないの⁉」

感動に包まれていた教室から、一気に熱が引く。

「最初からやってないっつーの！　ってか、あんたなんか親友じゃないし！」

「泉澤さん！」

担任が、慌てたように駆け寄ってくる。

「今の言い方は、とってもひどいよね。小林さんに謝ろうか」

担任が、諭すように言う。

「だって──」

「先生、いいんです」

来美がきっぱりと言い、再びあたしに向きなおった。

「気にしてないよ。こういう態度も全部、お母さんがいないせいだもん。ねっ」

あたしが言い返す前に、来美がハグしてきた。

パチパチパチ……と拍手が起こる。

マジで？

横目で見れば、渉も熱っぽい拍手を送っている。最悪だ。

来美のヒーロー劇場。

もしもここでまた振り払ったら、あたしが悪者になる。

居心地の悪い拍手に囲まれ、来美の体温を気持ち悪いと感じながら、あたしはひたすらこの時間が早く過ぎるようにと願った。


放課後。

いつもなら、集まるともなく誰かとおしゃべりをしたり、絵を描いたり、トランプをしたりするのに、今日は誰も近寄ってこない。校内にある学童保育の教室へ行っても、みんな、どこかよそよそしい。

ま、別にいいや。

みんなから少し離れた席に着き、宿題のドリルを出しているところに、来美がやってきた。

「あ、ちょっと、みんな。ダメだよ、カオリちゃんを仲間に入れてあげて」

なんでそんな風に言うんだろう。

まるであたしがハブられてるみたいじゃん。

そうじゃないのに。

あんたのせいで、余計にイタい奴って思われてんのがわからないの？

だけど、ここでまたそんなことを言ったら、あたしが責められるんだ。それなら、ここは黙っていた方がいい。それに――

「あ、渉だ」

窓から校庭を覗き、来美が外に向かって手を振る。

そうなのだ。来美は渉と仲が良い。来美がいれば、話しかけてもらえる。だからどうしても、来美には強く言えないのだ。

「……ドッジ、やろうかな」

あたしがぽつりと言うと、「ん？」と来美が振り向いた。

「勉強ばっかで疲れちゃった。体を動かそうかなって」

来美の顔が明るくなる。

「うん、そうしようそうしよう。早速行こう。渉に頼んであげる」

やった。

もうこれで今日のことは帳消しにしてやってもよいほど、わくわくした。渉と一緒のチームになれば、おしゃべりできる。一緒のチームになって、転んだ振りをしてぶつかったり、可愛く逃げたりしてみよう。

来美と一緒に下駄箱で靴に履き替え、校庭に出る。渉たちに近づいていくと、ドキドキした。

「渉」と来美が呼び捨てる。「うちらもやりたい」

「おう、いいよ。じゃあ一人ずつ入って」

「じゃ、あたし、渉のチーム」

来美が当然のように渉のチームに入ったので、あたしはがっかりした。が、こんなことでめげてはいられない。初めて、ちゃんと渉と遊べるのだ。

「じゃ、行くぞ。オラーッ」

渉が、早速ボールを投げてくる。あたしはキャーッと悲鳴をあげながら、よけた。次は後ろから。また悲鳴をあげながら、よける。楽しくて、つい繰り返してしまう。

ボールはまた渉にキャッチされ、すぐにこちらへ飛んでくる。

涉のボール。

取りたい！

あたしはボールに向かってダッシュした。この分だと、ちゃんとキャッチできる――

と手を伸ばした途端、顔に衝撃を受けた。

――え？

気がつくと、地面に転がっていた。

おでこがじんじんする。

「大丈夫か？」

涉が、心配そうにのぞき込んでいた。恥ずかしい。こんな姿、見られたくない。思わず両手で顔を覆う。

「まさか、目を打った？」

「ううん、ちが――」

「目だったら、マジでやばいよ。とにかく俺、保健室までおぶってくから」

おぶってく、という言葉に、胸がどきどきした。

「うん、目にぶつかった」

思わず答えていた。

「乗れよ」

渉が背中を向けてしゃがむ。体重をかけると、「よっ」と掛け声をかけて立ち上がった。すごい。渉の髪が、頬が、こんなに近くにある。自分のお腹と渉の背中がくっついて、心臓の音が聞こえちゃうんじゃないかと心配になるほどだった。

ずうっと保健室につかなきゃいいなあ、と思っていたけれど、すぐについてしまった。

ベッドの上に降ろされる。

「目にボールが当たっちゃって」

渉が言うと、養護の先生は心配そうにあたしの顔を覗き込み、保冷剤を冷蔵庫から出してきた。

先生は保冷剤を当てておくようにあたしに言うと、すぐパパに電話をし、学校と提携している眼科医につれていくと言い始めた。

「え？　ちょ、ちょっと待ってください。そんなに大げさなものじゃ――」

電話を切った先生に、慌てて言う。

「でも目だよね？　何かあったら大変だから」

もう目に当たってなんていないと言い出せなくなった。

あれよあれよという間に大ごとになり、徒歩五分の眼科へ松村先生の付き添いで行き、目が痛いと言い張り続けた。色々な検査をした結果、目に当たった形跡はなさそうだと首をかしげる眼科医に、強引に貼るタイプの眼帯をつけてもらった。

戻ると、パパが来ていた。渉はしょんぼりとして立っている。

パパ、お願いだから、渉に変なこと言わないでよ――

祈るような気持ちでいたが、幸い、パパは思ったほど声を荒らげたり、松村先生や渉にきつい言葉をかけたりすることはなかった。

渉はよそよそしく、カオリちゃん、と呼ぶようになってくれたのに、泉澤さん、に戻っていた。帰るときも、目を合わせようとしなかった。タオルを盗んだことも、バレてしまった。

これでますます渉との間に距離が開いてしまった。とにかくここは、渉に対してパパが悪い印象を持たないようにしなくては。そうすれば、うちに遊びに呼んだりすることもできる。

それなのに――

また、来美がぶちこわした。渉のことを悪く言って、あたしのことをかばったつもり？　ああもう、ほんっとーに不愉快。いや……それとも、あたしが渉と仲良くなるのを防ごうとしてる？

「いい子だな、来美ちゃん。カオリにあんないい友達がいたなんて知らなかったよ」

騙されてるよ、パパ。まったく、男って。渉だって、クミクミって、どうして騙されんの？

「来美ちゃん、嫌い」

パパにだけはわかってほしかった。なのに、パパは激怒した。

「友達は大事にしなくちゃいけないぞ」

ほらね。

パパはうわべしかみない。わかってない。これがママだったら——

「ママだったらそんなこと言わないのに」

思わず、口に出ていた。

パパがハッとした顔をする。ちょっと傷ついた顔を見ると、もっと言ってやりたくなった。

「ママはカオリのこと、ちゃんと理解してくれようとしたのに！　パパなんてだいっきらい！」

パパは、悲しそうな表情で黙り込んだ。

何か言いたそう。だけど言わない。そういうところにもイライラする。

ママはそんな人じゃなかった。

なんでもハキハキ言って、小さなことを引きずらず、そしていつも明るく笑っていた。

ママは太陽みたいな人だった。

パパなんて、だいっきらい。

ああ、ママがいればいいのに。
ママに会いたい——

4．咲良

また一日が始まる。

祖父が倒れても、家が火事になっても、それでも朝は来るのだ。

咲良は重たい体を起こし、布団から出る。まだすすけた臭いが強く残っているが、住居スペースに全く被害がなかったのは幸いだった。

出火の原因は、やはり咲良が倒した石油ストーブだった。自分のせいで店がこんなことになってしまったのだと思うと、申し訳ないやら情けないやらだった。

非常時なので仕事は休めるかもしれないが、アスカのことが気になる。所長に電話をし、先にアスカの家を訪ねてから出勤すると伝えた。

出払っているのか、アパートはしんとしている。ドアをノックする。が、誰も出てこない。あきらめて、職場へ向かった。

市役所の三階にある児童福祉課へ行くと、電話が鳴り響いており、職員が総出で応対している。それでも取り切れない電話が、あちこちでベルを響かせていた。いつもなら電話相談を受ける以外は私語も少なく、静かな部署であるのに、なぜだか今朝は騒がしい。

咲良も急いで応対に加わろうとしたとき、

「あ、来た！　福浦さん！」

先輩の青柳（あおやぎ）さんが咲良に気づき、駆け寄ってきた。

「まずいことになってるよ」

瞬時に分かった。

アスカの母親から、クレームが入ったのだ。今朝アパートにいなかったのは、ここに来ていたからだったのか。

「わかりました。応対します。どちらですか？」

「え？」

青柳さんが怪訝（けげん）そうに首をかしげる。

「アスカちゃんのお母様ですよね？」

「ああ、違う違う」

青柳さんは首を横に振った。

「それどころじゃないよ。もっと最悪だよ」

あれよりも最悪のことなんてあるだろうか——そう思う咲良の前に、青柳さんのスマートフォンが差し出された。画面には、咲良や父、そして警察官の映像が映っている。背後には崩れた民家のブロック塀と、前方のへしゃげたライトバン。車体には福浦酒店とある。

『ダメだ、咲良。こんなのはダメだ』

父が言っていた。

『すみません、おまわりさん。運転していたのは、自分です』

やじ馬がざわついたところで、青柳さんが停止ボタンを押した。よくよく見ると、動画のタイトルは『犯人隠避罪⁉ ひどすぎる××市公務員、しかも児童福祉司！』となっている。

「あの、これって……」

咲良は血の気が引いた。

「今は簡単に個人が特定されちゃう時代だから。ネットで広がったらしくて、朝から電話が鳴りっぱなし。飲酒運転の親父さんをかばおうとしてたってこと？」

「……はい」

はああぁぁぁ……、と青柳さんは力の抜けた、長いため息をついた。

「あのさ……これ、犯罪だよ？　わかってる？」

咲良は何も言えず、ただ俯(うつむ)く。

「この状況じゃ、とても仕事なんてさせられない。今日はこのまま帰って」

「え？　じゃあせめて内勤とか――」

「は？　何を言ってんだよ。君が職場にいるってこと自体が、大問題なわけ。わかるだろ？」

いつもは割と穏やかな青柳さんが、珍しくイラついている。その背後には、受話器を握りながらぺこぺこと頭を下げる同僚たちの姿があった。

「――わかりました」

「しばらく自宅で待機して」

「はい。ご迷惑をおかけして、本当に申し訳ございませんでした」

咲良は深々と頭を下げた。

しばらくそのままの姿勢でいて、顔を上げた時には、すでに青柳さんは電話応対に戻っていた。

最悪の気分だった。

祖父の病気に、自分の過失による火事に、飲酒運転の父をかばったことによる騒ぎ。

無性にヒロムに会いたくなった。なぐさめてほしかった。よしよし、咲良は悪くないよと、いつもの優しい声で。

咲良は市役所を出ると、そのまま電車に乗って、ヒロムのアパートへ向かった。こんなに朝早く来たことはない。ヒロムの寝ぼけた、驚いた顔を想像すると、少しだけ心が和む。彼は交通整理のアルバイトから朝帰ってきて、眠ったばかりのはずだ。起こさないように、音をたてないように合鍵を回し、ゆっくりとドアを開けた。

遮光カーテンを閉め切った暗い部屋でパンプスを脱ぎ、そうっとあがった。安っぽいビーズのれんをかきわける。咲良もヒロムの隣に潜り込み、抱きしめてもらいながら添い寝するつもりだった。

——が。

パイプベッドの上で、ヒロムにケバい女性がまたがっていた。二人とも咲良に気づかず、まぬけな顔をして恍惚(こうこつ)にひたっている。頭が真っ白になった咲良の手から、バッグが落ちた。二人がハッとこちらを見る。

「げ！　咲良!?　なんで！」

ヒロムが飛び起き、女がシーツで裸体を隠した。

「違うんだ。お前が思ってるようなことはない。まだちょっとしかヤッてないし、っていうかイッてないから、未遂だろ？　な？　な？」

必死で言い訳を繰り出すヒロムの頭を、咲良は拾いあげたバッグで思い切り殴った。

それから指輪を外して投げ捨てる。

アパートを飛び出し、全速力で駅まで走り、電車に飛び乗った。電車が動き出してしばらくすると、やっと涙が出てきた。ラッシュアワーが過ぎたとはいえ、朝の車内はそこそこ混んでいる。けれども人目を気にする余裕もなく、ぼろぼろ涙がこぼれた。電車の中で泣くことが許されるのはせいぜい女子高生までだ。こんな大人が泣いたって可愛くもないし、同情もされない。気味悪がられるだけ。

わかってる。

わかってるけど、泣くのをやめられない。

泣きじゃくりながら、恵美にラインした。

昨日は色々な思いもあったけれど、やっぱりこういう時、話を聞いてもらいたいのは恵美なのだった。

——ちょっと聞いてよ。最悪。ヒロムが浮気してたんだけど。

すぐに既読がつき、返信が返ってきた。

——はあ？　間違いじゃなくて？

——間違いも何も、現場に出会しちゃった。

——あちゃー。

——死にたい。

——ちょっとちょっと。

――じーちゃん倒れた。家は火事。見知らぬ男にげろ吐きかけられる。仕事クビ。男は浮気。

――は？　は？

――死ぬ。

――ちょっと待った。今どこ。

――電車。

――よかったらうちにおいで。話聞くから。

――今からでもいいの？　赤ちゃんは？

いいからすぐ来い、という猫のスタンプ。

話を聞いてくれる人がいると思うと、ちょっとだけ救われた。

恵美の家に着くと、恵美が赤ん坊をあやしながら待ち構えていた。リビングには、缶ビールや缶チューハイ、そしておつまみがある。

「飲まなきゃやってられないかなあって思って」

「朝っぱらからはさすがに。でも有難うね。気持ちが嬉しい」

「で？　一体どういうことなの？」

泣きながら、ゆうべの夜から今朝に至るまでの出来事を話すと、恵美は頭を抱えた。

「たったの一晩で、一気に不幸が降りかかってきたって感じだねえ」

「でしょ？　トドメが浮気」

「あいつも、まさか仕事に行っているはずの咲良が来るとは思ってなかったんだろうね」

「初めての浮気じゃないのかも。きっとこれまでも、何度もあったんだよ」

洟をすり上げると、恵美がティッシュの箱をくれた。

「まあ、可能性はあるね。あいつは昔からチャラかったから。でもさ、正直、よかったなって思ってるよ、わたしは」

「なんでよ」

「あいつ、将来性ないもん。見切りをつけろって、神様が言ってんのよ」

「だけど……やっぱ好きだもん。ここまで尽くしたのに、今さら見捨てて後々売れたら、悔しいじゃん」

涙と鼻水でぐちゃぐちゃになった顔を拭きながら言うと、恵美が苦笑した。

「絶対に売れないから安心しな」

「売れるよ。ヒロムには才能があるもん」

「うーん……正直、微妙」

「あーあ、わたしって本当に運がないなあ……」

咲良はコーヒーテーブルに突っ伏す。

「咲良はいい子なんだけどねえ。お人よしすぎるの」

「そうかなあ」

「そうだよ。わたしだったら、道端でゲロまみれの男を介抱したりしないし」

「なりゆきだよ。車にひかれそうになってたから、腕を引っ張ってあげて。そしたら、急に吐いたんだもん」

「いや、それでも、わたしだったらその時点で放って帰るね。そもそも不審者じゃん、気持ち悪いよ」

「だよね」

その時スマホがメロディを奏でた。見知らぬ番号だ。

「誰だろ」

「あ、もしかして、ヒロムの浮気相手じゃない⁉」

「え、だったらどうしよう」

「出なよ。文句の一つでも言ってやりな」

「で、でも……」

「いいから早く！　いざとなったら、わたしが代わるから」

こういう時、友達はありがたい。

咲良は深呼吸すると、通話ボタンを押した。恵美が横から手を伸ばし、スピーカーボタンを押す。

――もしもし？

男の声だった。聞き覚えはない。咲良は恵美と、顔を見合わせた。

「もしもし……」

わたしの声色から警戒されているのを悟ったのか、男は慌てて続けた。

――あ、あの。泉澤です。昨日は助けていただいた上にご迷惑をおかけして……どうも申し訳ありませんでした。

「ああ、ゆうべの！　あれから大丈夫でしたか？」

咲良の反応に、男がホッとした声になる。

――ええ、なんとかタクシーで帰ってこられたみたいです。今日も普通に仕事しています。

「よかった」

――服とかバッグとか、あと靴も、弁償させてください。

恵美が両手をクロスさせ、大きなバツ印を作る。そして小声で「どんな奴かわかんないじゃん。危険」と言った。

「いいですよ、そんな。安物ばっかりですから」

――それじゃあ僕の気がすみません。お願いします。あんなにご迷惑をかけて何のお詫びもお礼もできないなんて、余計に困ります。お願いですから、弁償させてください。もしおイヤでなかったら、お食事でもご一緒させていただいて、それから買い物に行きませんか？

「でも……」

しばらく互いに沈黙する。相手も咲良の戸惑いを悟ったようだった。

――では、お気が変わったら、お電話をください。名刺は渡してますよね？

「あ、そういえば……」

咲良がバッグをさぐる。恵美が両手でカモンカモン、というように急かしてくる。サイドポケットの中から、名刺が出てきた。

いずみさわクリニック　院長
泉澤　孝太

恵美が目を見開き、慌てたように「やっぱオーケー！」と小声で叫ぶ。

「本当によろしいんですか？」

――もちろんです。いつならご都合がよろしいですか？

「ええと」

恵美が「すぐ！　すぐ！」と横からせっつく。

「あ、明日にでも」

恵美がこぶしを握り、グッと親指を突き立てる。時間と場所を決めて、電話を切った。

「やったじゃんか‼」

恵美が自分のことのように喜んでいる。そしておもむろにスマホを取り出すと、名刺にあるクリニック名を打ち込む。

「へえ、開業医じゃん。ねえ、この写真の人で間違いない？」

恵美の向けたスマホには、なんとなく昨日の男性に似た人が映っている。

「うん、多分この人」

「決まりだね」

「え？」

「ヒロムなんかやめて、この人にしな！」

「なにいってんのよ」

「咲良、よく聞きな」

恵美が真剣な顔をして、咲良の前ににじり寄った。

「あんたをシンデレラにしてくれるのは、バンドマンなんかじゃない。このお医者様こそ、王子様かもしれないよ」

「まさか。結婚してるに決まってるじゃん」

「ああ……そっか」

恵美ががっくりと肩を落とす。

「確かに独身のわけないか。四十代くらいかな。子供もいるよね、きっと。あ〜あ残念。ま、しっかりした人なのは確かだし、せっかくだから食事は楽しんでおいでよ、遠慮なくさ。だって実際、咲良はそれだけのことをしてあげたんだから」

「そうだね。思い切り美味しいもの食べて、ワインでも飲んで……気分転換してくる」

「そうだよ」

「ありがとね。赤ちゃんのお世話で大変なのに、愚痴聞いてもらっちゃって」

「これくらい、当たり前。小さい頃からの付き合いなんだから。それに……なんか羨ましくて」

「なにが？」

「恋愛とか、出会いとかさ。これから咲良にはまだ可能性があるじゃん。わたしはもう結婚しちゃって子供までいるから、もうそういう世界が遠くなって」

「なに言ってんのよ。そっちの方が羨ましいっつーの」

　恵美に話をたっぷり聞いてもらった後、祖父の見舞いに病院へ寄った。昨夜、救急車で運ばれた祖父は、脳梗塞であったことがわかり、すぐ血栓を溶かす薬を投与された。意識は取り戻したが、しばらく入院して様子を見ることになっていた。

千夏は普段ちゃらちゃらしているが、意外とこういう時には冷静で、詳しく説明してくれる。おかげで咲良は、祖父に関しては安心することができた。

一般病棟の病室へ行くと、白いベッドに祖父が寝かされていた。傍らに、私服の千夏と背広姿の父がいる。

「お父さん！　釈放されたの？」

咲良は父に駆け寄った。

「ああ、逃亡の心配もないってことでな。塀を壊してしまった家にも謝罪に行ってきた」

「そっか。自動車保険がおりるんだよね？」

「飲酒してたから、無理だって。全額自費」

「え……」

「仕方ないよ。百パーセント、俺が悪いんだから」

「そっか……」

暗い沈黙が落ちる。咲良は話題を変えることにした。

「千夏、学校は？」

「やだな、試験休みだよ」

「あ、そうか」

また沈黙が落ちる。

「そういえばお父さん、スーツなんて珍しいね。ああ、そうか、謝罪に行ってきたから？」

自営業なので、スーツ姿なんてみたことがない。

「それもあるけど、ハローワークに行ったんだよ。働かなくちゃいけないだろ。店が焼けちゃったし、車の修理代に、塀の修理代だってかかるんだから」

「ああ……そうだね」

「いやはや、この年齢で、自営業しか経験ないってなると厳しいね。はあ……俺、向いてないや。あれ、ってか、咲良こそ何してんの？　仕事は？」

咲良は、無言でスマートフォンの映像を見せた。二人が絶句する。

「そっか……悪かったな、父さんのせいで」

「いや、そもそも自分で言いだしたことだし」

「こうなったら、何が何でも仕事、見つけなくちゃな。えり好みはしてられないな」

そう言いつつも、父の顔は引きつっている。

「千夏も来年受験だしな。塾も増やさなくちゃならないし、大学の入学金に授業料……いくら考えても、足りねえもん」

「あたし……受験やめる」

突然、千夏が言った。

「え⁉」

咲良と、父の声が重なった。

「もともと勉強嫌いだし、実は塾だってサボってばっかなんだ」

千夏が舌を出す。

「大学行ってもやりたいことなんてないしね。受験しないなら塾もやめて、そしたらバイトもガンガン増やせるし」

「ダメだよ。今は大学くらい出とかないと」

「いいっていいって。あー、やったあ。せいせいしたー」

万歳をする千夏に、父ががっくりと肩を落とした。

「俺は情けねえな。娘にこんな気を遣わせて」

「だから、遣ってないっつーの」

「でも……」

言いながら、父がふらついた。千夏が慌てて体を支え、ベッドの端に座らせる。

「ちょっと、お父さん。大丈夫？　お父さんまで倒れられたら困るよ」

「うん……ああ、そうだ。朝の分の注射、忘れてたんだった」

「まったくもう」

咲良は父のバッグから、インシュリンのペン型注射器を出し、よく振ってから渡す。

父は受け取りキャップを取ると、ふと手を止めてまじまじと注射器を見つめた。

「何やってんの、早く打ちなよ」

千夏が叱る。

「いや……インシュリンてさあ、一ミリリットル打っただけで、低血糖で死ぬんだって。たったの一ミリリットルだよ？」

「ちょっと、お父さん、何を言って――」

「もしも俺が死んだら保険金が……そしたら娘たちにこんな情けない思いをさせなくても……」

「いいからとっとと打てっつーの！」

千夏が父の手から注射器をぶんどり、シャツをまくって腹を出して針を刺した。慣れた手つきだった。緊急時で父自身が注射をできない時に備えて、家族全員、注射を打つ練習はしている。

「まったくもう……冗談でも変なこと言わないでよ。お父さんが死んだら、うちら寂しいじゃん」

口は悪いが、千夏は父が大好きなのだ。気弱になっているのか、父は少し涙ぐむと、

「ありがとう」と洟をすすった。

泉澤孝太との待ち合わせは、一流ホテルのロビーだった。彼はすでに待っていて、咲良の姿を見つけると深々と頭を下げる。

「おとといは本当に申し訳ありませんでした。今日もわざわざお時間をいただいてしまって――」

「いいえ、そんな、やめてください」

孝太が頭を上げる。

あれ、この人って、けっこうハンサムだったんだ。おとといは酔っぱらっていたみたいだし、ゲロまみれだったから、顔だちを見るどころじゃなかった。

思わずクスっと笑うと、孝太が首をかしげる。

「あ、ごめんなさい。おとといのことを思い出して」

「ああ、いや、もう……本当にお恥ずかしいです。あんな大失態、学生以来ですよ」

孝太は苦笑いして頭を掻いた。

「では行きましょうか」

てっきりホテルの外に出るのだと思っていたら、孝太はエスカレーターを下っていく。

「え？　まさか買い物って、この中でですか？」

「そうですけど。いけませんか？」

「いや、だってホテルの中って、お高い物ばかりじゃないですか」

「あはは、大丈夫ですよ」

孝太についていくと、ハイブランドがずらりと並ぶフロアに出た。その中のひとつも咲良は所持していないし、店内になどもちろん足を踏み入れたこともない。場違いな雰囲気に気圧（けお）されている咲良に構わず、孝太はそのうちの一店に入っていった。

「どうですか？　福浦さんの好みに合ったもの、ありそう？」

「いや……っていうか」

咲良は店内を見回す。好みに合う、合わないという次元を超えて、パッと見でも素材やデザインなどが凝った一流品だとわかる。

「あ、これ、おととい着てた服に似てますね」

孝太が一枚のワンピースを手に取る。咲良は値段を確認し、慌てて首を振った。

「あの、やっぱり、もうちょっとお手頃なお店の方が……」

店員がうやうやしく孝太の手からワンピースを取り、咲良の体に当てる。鏡の中の咲良を見て、孝太が微笑んだ。

「似合いますよ。これにしますか？」

「いえ、あの、お値段が――」

「僕の命を救ってくれたんですよ。福浦さんは、僕の命が安いって言うの？」

孝太がおどける。ああ、なんだか大人の男性だ。おどけ方、そして気を遣わせない言い方が、スマートだ。

「そうそう、靴も汚したよね？」

「え、あ、いや、あれこそ安物なんで――」

「このワンピースに合う靴、持ってきてください」

孝太が言うと、店員が「こちらはいかがですか」と一足持ってきた。この上靴までプレゼントしてもらうわけにはいかない、と思っていたが、その靴を見た時、思わずため息が出た。

全体にシルバーのスパンコールが縫い付けられたハイヒール。どの角度からもきらきら輝いている。

孝太は咲良をソファに座らせると、今履いているパンプスを脱がせ、スパンコールのハイヒールを履かせた。

試してみると、とても足になじんだ。きらびやかな靴なのに、品がある。足元が照明を反射し、光っている。

まるでガラスの靴だ。

咲良は、ガラスの靴を履いた鏡の中の自分を見つめる。その隣では、孝太が微笑んでいる。

そして、この人は王子様――

そこまで考えて、ハッと我に返った。

まったくわたしったら、何を考えてるの？

この人はきっと結婚してる。

他の人の王子様なんだから。

靴を履かせてくれた孝太の左手の薬指には、指輪はなかった。けれどもそれは、お医者さんで手をよく使う仕事だからという可能性が高い。

「福浦さん、どう？　このワンピースと靴でいいかな」

孝太が優しく語り掛けてくる。

「は、はい。じゃあお言葉に甘えて」

こんな人の奥様って、どんな人なんだろう。

その女性こそ、シンデレラだと咲良は羨ましく思った。


「本当にすみません。こんなに買っていただいちゃって」

店を出たところで、咲良は頭を下げた。

「もしよかったら、お茶でもいかがですか？　娘を塾に迎えに行かなくちゃいけないんだけど、中途半端に時間があまって」

娘さんがいるのか。

やっぱりね。そりゃそうだよね。

「じゃあ、ぜひ」

孝太と一緒に、ティーラウンジに入る。注文したコーヒーを飲みながら、孝太がふと咲良の手に目を留める。

「あ、そうだ。指輪」

「え?」

ドキッとする。彼の左手を観察していたことに気づかれていたのかと思った。

「指輪も弁償しなくちゃ。左手の薬指にしてたでしょう。洗っても気持ち悪いですよね。だから外してるんでしょう?」

「いや、これは……」咲良は苦笑いする。「浮気されたんで」

「え?」

「彼氏からもらった指輪だったんですけど、浮気現場に遭遇しまして」

「え!」

「で、その場で外して、投げつけてきたんです」

「なんとまあ……あれ? ってことは、昨日今日の出来事ってこと?」

「あはは、そうです。浮気されたてホヤホヤです」

「うわあ、それはそれは。すみませんでした、変なことを話させてしまって」

頭を掻く孝太に、咲良は笑って応じる。

「いいんです。あんまりにも馬鹿馬鹿しくて、逆に吹っ切れました」

「こんな可愛い彼女がいるのに、どうかしてるね、その彼氏……じゃなくて元カレ」

「またまた」

「いや、本当に。僕が福浦さんの彼氏なら、絶対にそんなことしないなあ。ずっと浮かれっぱなしで、君以外の女性なんて目に入らないよ」

「調子いいなあ。奥さんに怒られますよ」

「ああ……奥さん、いないから」

ふっと寂しそうに孝太が笑う。

「え？　だって娘さん……」

「亡くなったんです。事故で」

「あ……ごめんなさい」

「いや、いいんです。ほんと。僕の方こそごめんなさい。変な話して」

孝太が微笑んだ。さっきまで落ち着いた大人の男性だと思っていたのに、急にこちらが守ってあげたくなる。

ぐっと心をひきつけられた瞬間だった。

5. 孝太

こんなに楽しい時間を過ごすのは久しぶりだ。

孝太はコーヒーをすすりながら、しみじみ思う。胸が温かく感じるのは、今飲んだコーヒーのせいだけではないだろう。

「──それでね、親友の赤ちゃんが生まれたんで見に行ったんですけど、本当に信じられないくらい小さくて──」

孝太の妻の死の話のあと、空気が沈んだことを気にしているのだろう。咲良はさっきから、懸命に明るい話題を繰り出してくる。

なんと気遣いのできる、しっかりした女性か。

咲良は十五歳も年下だというのに、あまりそんなことを感じさせない。キャピキャピしてなくて──おっと、キャピキャピ、なんてもう死語なのだろうか──、落ち着いていて、この年齢で妹の大学費用までなんとか捻出してやろうとしているらしい。いじらしい、と思う。

そんな頑張り屋で誠実な女性を、泣かせて平気な男がいるなんて。

浮気するなんて信じられない。

浮気――

妻のことを思い出し、途端に気持ちが沈む。自分でも暗い表情になったのがわかった。

「あ、ごめんなさい。わたしばっかりおしゃべりしてましたよね」

咲良が口をつぐむ。

「あ、ごめんごめん、違うんだ。妻のことを思い出してしまって」

「やっぱりわたしがさっき、あんなことをお聞きしてしまったから……本当にすみません」

頭を下げる咲良に、あわてて両手を振って否定する。

「そうじゃないんだ。さっき、事故で亡くなったって言ったよね？　そこだけ聞けば、僕と娘が遺されて、すごい悲劇に聞こえるかもしれない。だけど……実はね、浮気相手と逃避行をしようとして、その道中で亡くなったんだ」

「……え？　じゃあ」

「そう。妻は浮気相手と死んだ。だから幸か不幸か、怒りの方が大きくてね、悲しみはさほど感じなかった」

「そうだったんですね……」

「でも……不思議だな。このことを、警察以外の人に話したのは初めてだ。胸のつかえがとれたみたいで、なんだかすっきりした」

「じゃあ、お嬢さんにも……」

「言ってない。友達にも、職員にも、誰にも言ってない。それなのに、なんでだろう。福浦さんには素直に打ち明けたい気になったんだ。話しやすい雰囲気があるのかな」

「え……」

咲良が目を丸くする。

「何？」

「いえ、実はわたしも同じことを思ってたんです。泉澤さんには話しやすいな、どうしてだろうって」

「そ、そうなの？」

一瞬で顔に血が上る。

ばか、何を浮かれてるんだ。ただのお世辞だ、お世辞。こんなオッサンに、若くて可愛い子が興味を持ってくれるはずないだろう？　自分に言い聞かせるのに、まるで「好きだ」とでも言われたかのように、ドキドキし、ぐっと咲良に気持ちが傾く。

「だけど……可哀そうなのはお嬢さんですよね」

「まあ、一緒に亡くなったのは仕事相手だって説明してるけどね」

「だけど、お母様に置いていかれてしまった、という事実は同じです。わたしも母親に置いていかれたので、寂しさがわかるんです」

「咲良さんも？」

「はい……」

咲良は、冬の朝に突然母親が出て行ってしまったのだと話した。手を差し伸べたい、守ってあげたい、という気持ちが湧き起こる。慌てて気持ちにブレーキをかけた。

「だからお嬢さんは、とっても寂しいと思います」

「そうなんだろうね。実は昨日も、ママだったらよかったのにって言われちゃったよ」

「ああ……わたしも父に同じようなことを言ってしまったことがあります」

「そうなの？」

「はい。だけど、本心では父が大好きでした。ただ、感情の持っていき場所がなくて、当たれるのは父親しかいなかっただけなんです。だからお嬢さんも……あ、お名前は何ておっしゃるんですか？」

「カオリです」

「カオリちゃんも同じです。お父さんのこと、大好きです。だからこそ、ぶつけてしまうんです」

「そっか……なんか救われたな。——あっ」

孝太は慌てて腕時計を見た。

「そろそろ塾のお迎えの時間だ。じゃあ行きましょう。車でご自宅までお送りしますよ」

「でも――」

「わざわざご足労戴いたんだから、当然です。それに、××町ですよね？　塾が××の三丁目なんです。先に娘を拾って、それからお送りすればちょうどいいんで」

もう少し一緒にいたい、というのが本音だった。あわよくば次に会う約束もしたい――なんて、四十過ぎの男が厚かましいだろうか。

咲良を車に乗せて塾へ向かう。駐車場に停めると、待ちかねていたようにカオリが走ってきた。やはり眼帯はつけたままだ。

「パパ、おそーい」

口をとがらせながら助手席の方へ回り込もうとするカオリを、孝太は制する。

「ごめん、後ろに乗って。お客さんがいるから」

「――え？」

カオリが助手席の咲良に目を留める。咲良が「こんにちは、カオリちゃん」と微笑むのを無視し、後部座席に乗り込んだ。ドアがバタン！と不機嫌な音を立てる。

「カオリ、ご挨拶は？」

黙っている。

「急だもん、びっくりするよね。ごめんね」

「咲良さんが謝ることありませんよ。カオリ、この方はパパの命の恩人なんだ。この方がいなかったら、死んでたかもしれないんだ」

「泉澤さん、大げさですってば。あの、わたしやっぱり、ここから歩いて帰ります」

「いや、でも」

「近くですから。今日はどうもありがとうございました。カオリちゃん、助手席にどうぞ」

咲良が助手席から降りると、カオリも後部座席から降りた。

助手席に乗り込もうとするカオリに、咲良が言った。

「わあ、カオリちゃんっておしゃれだね」

咲良の存在を無視していたカオリが、咲良を見上げる。

「ピンクのジャンパーって子供っぽくなりがちだけど、こげ茶のパンツを合わせてあってカッコよくなってる。センスがいいね」

決してご機嫌取りで言っているような口調ではなかった。ごく自然な女子同士のファッショントークという感じだ。男である孝太は、全く気がつかなかった。

「うん……こういうの、雑誌で見ていいなって思ったから」

カオリがもごもごと応える。

「そっかあ。わたしも参考にさせてもらっちゃお。ごめんね、引き留めて。じゃあね、お食事楽しんで」

きびすを返しかけた咲良を、カオリが呼び止めた。

「待って」

「咲良さん……だっけ？　夕食、一緒に来る？」

咲良は目を見開いた。だけどきっと、咲良よりも驚いていたのは孝太だったろう。

「え、でも、いいの？」

咲良が、カオリと孝太を見比べながら確認する。

「うん、いいよ。だって、パパの命の恩人なんでしょ」

カオリがにっこり笑った。さらに、

「あ、助手席どうぞどうぞ。あたし、後ろでいいんで」

と、後部座席に戻ったので、孝太はますます驚愕した。

「咲良さん、早く。お腹すいたよ」

カオリが窓から顔を出して、ぽかんとしている咲良に言う。咲良はハッとしたように、

「ありがとう。じゃあ、お言葉に甘えて」

と咲良は助手席に乗り込んだ。

いったい、なんだっていうんだ？

我が娘の豹変ぶりに戸惑いながらも、孝太は車を発進させた。

連れて行ったのは、行きつけの小料理屋だった。座敷に通してもらうと、カオリは孝太の隣でなく、咲良の隣に座った。これも意外だった。

「眼帯、痛々しいね。大丈夫？」

「うん」

「せっかくお洒落なのに、眼帯だけが浮いちゃってるね。……あ、そうだ」

咲良はバッグからペンを取り出している。何をするんだろうと思っているところに、店員が注文を取りに来た。美味しいものを食べさせてやりたくて、メニューに首っ引きで、店員と相談しながら吟味する。やっと注文を終えた孝太は、「パパ見て！」という声にメニューから顔を上げた。

カオリの真っ白だった眼帯には、昭和の少女漫画風の、星がきらきらした大きな眼が描いてあった。まつげもやたらと長い。

「なんだ、それ」

思わず噴き出し、大笑いする。

「咲良さんが描いてくれた！　可愛い？」

「すっごい可愛い。咲良さんって絵が上手なんですね」

「もともとイラストが好きだし、子供たちに描いてあげると喜ばれるから、練習してるんです」

カオリは窓ガラスに顔を映し、「超かわいい」と悦に入っている。

「ね、ね、じゃあさ、お姫様を描いてよ」

カオリが紙製のディナーマットを咲良に差し出した。

「いいよ」

さらさらとペンを動かす咲良の器用な手先に、カオリはべったりと体を預けて見入っている。目を輝かせて、心から楽しそうだ。

「うわ、すごい上手。これシンデレラ？」

「そう。好きなんだ。プリンセスの中で一番好きかも」

「どうして？」

「最初は貧しくて辛い境遇にいたけど、最後は王子様に幸せにしてもらえるからかな」

「あー、確かに白雪姫とかラプンツェルとかとは違うもんね。なるほど」

「がんばっていれば、最後に報われるっていうのが好き」

「へえー」

なんだか、年齢差を感じさせない普通のトークだ。

「あ、ねえねえエルサ描いてよ、エルサ」

「描けるかなあ。衣装が難しそうだけど、やってみる」

「すごいすごい。可愛いー」

きゃっきゃとはしゃぐカオリを見ながら、孝太は驚いていた。妻が生きていた頃から、もともとかなり人見知りの激しい子だった。相手が子供でもそうだし、大人であればなおさら打ち解けるには時間がかかる。妻の死後には、さらにそれが顕著になったような気もしていた。

それなのに、このはしゃぎようはなんだろう。やはり咲良が、子供を相手にする職業だからか？

いや、それだけではないような気がする。

この、ごく自然な、ほのぼのしたやり取り。

そう、まるで母と子のような——

母と子、というキーワードに、慌てて頭を振る。何を考えてるんだ、僕は。

家族三人で幸せだったころを思い出して、孝太は思わず涙ぐんだ。

楽しくて美味しい夕食に満足し車に乗り込んだ時には、みぞれが降っていた。咲良と共に後部座席に座ったカオリは、すやすやと寝息を立てている。

「あれだけはしゃいだからね」

バックミラー越しに、孝太は咲良に語り掛けた。

「だけど信じられないよ。カオリは難しい子なのに」

「全然そんな感じ、しなかったです。良い子ですよ、カオリちゃんは」

「福浦さんのおかげですよ」

「画力を鍛えておいてよかったあ」

おどけた口調の後、咲良がふと真剣な表情になった。

「——なんとなく、昔の自分を思い出しちゃって」

「え？」

「さっき話したでしょう？　母親が出て行ったって」

「ええ」

「母に捨てられてからずっと家族もぎくしゃくしてるし、おまけに祖父は倒れるし、妹は塾を辞めなくちゃいけないし、仕事はクビになりそうだし。どうしても、全ての不幸を母のせいにしてしまう自分がいるんです。母がいてくれれば。愛してくれてさえいれば、こうならなかったはずだってね。

正直、父がいなくなっても、ここまで思わなかったんじゃないかなって思います。やっぱり母親は、子供にとっては特別な存在なんですよ——って、すみません」

「いやいや。僕もそう思うから」

心からの実感だった。母と子の間には、たとえ母親の死後であっても、決して誰も割り込めないのではないかとすら孝太は思い始めている。

「そんなこんなで、なかなか困難な人生ですけど、でもね、頑張っていればいいことあるかなって。報われればいいなって」

「ああ、だからシンデレラが好きなんだね」

「あはは、さっきの会話、聞かれてたんですね。恥ずかしい」

「シンデレラの話、大筋は知ってるけど、細かいところは忘れちゃったなあ」

「男の人はそうかもしれませんね。シンデレラは、最初は本当に悲惨なんです。そもそもシンデレラっていう名前は、灰かぶり姫っていう意味なんですね」

「灰？」

「はい。シンダーって、英語で灰っていう意味らしいんです。自分のベッドを与えられなくて、かまどのある部屋で横になるしかなくて、髪も体も灰まみれだから灰かぶり姫。それでも、いつも笑顔を絶やさず、誰にでも親切でいたから、最後には美しいお姫様になれるっていうことです」

「初耳だよ。へえー灰かぶり姫か」

「あ、よかったら、ＤＶＤ貸しましょうか。ツタヤで買ったんです」

「いいの？」

「はい。よかったら、カオリちゃんと観てください」

「ありがとう。優しいね、咲良さ……福浦さん。すみません、カオリが咲良ちゃんって呼ぶので、ついつられて」

なれなれしいと思われていないだろうかと心配になりつつ、ちらりと後部座席をうかがうと、咲良が微笑んでくれた。

「いいです、咲良で。名字で呼ばれるの、なんだか窮屈だし」

「え、そう？　あ、じゃあそうさせてもらおうかな」

こんなことですら嬉しくて、浮かれながら走っているうちに、もう福浦酒店の前に着いてしまった。

割れたガラスに段ボールが貼られ、壁が煤けている。想像以上のダメージに絶句していると、咲良が「ちょっと待っててくださいね」と車から降り、段ボールを貼ったドアを開けて中へ入っていった。

話を聞いた時は、ボヤ程度だと思っていた。もしも自分のクリニックがここまで焼けてしまったら、とても笑顔ではいられない。あらためて、孝太は咲良をいじらしく、そして強い女性だと思った。

咲良がＤＶＤを持って、再び煤けた店内から出てくる。髪やコートに灰がつき、それでも彼女は笑顔だった。

「灰かぶり姫……シンデレラ」

思わず呟いていた。咲良が灰をかぶったけなげなお姫様なのであれば、自分が幸せにしてやりたい——唐突に、そう思った。

「お待たせしました。どうぞ」

窓越しに、咲良がＤＶＤを手渡す。その手を、思わず握っていた。

「咲良さん。僕にできることがあったら言ってください。何でも」

「——は？」

咲良が目を見開く。外灯が反射し、それこそ少女漫画の瞳のように、星があるように見える。きれいだ、と思った。

「だって、不幸続きだって言ってましたよね」

「言いました、けど……でももう、充分お詫びはしていただきましたし」

「そうじゃなくて、なんというか、その……あなたが灰かぶり姫に見えてしまって」

「やだ、そんな」

咲良が顔を赤くしてうつむいた。

「僕が、その、少しでも、幸せになるお手伝いができたらって。君を助けたいんだ。——なんて、厚かましいかな、ごめん」

「いいえ！」

咲良が顔を上げた。

「厚かましいだなんて――」

咲良が、ぎゅっと手を握り返してきた。

6. カオリ

朝起きて、着替えてダイニングへ行ったら、鼻歌を歌いながらパパがお弁当を作っていた。テーブルの上には、すでにトーストと目玉焼きが準備してある。

「カオリ、早く食べちゃえよ」

声が弾んでいた。

「……いただきます」

何を浮かれてんだよバーカ、と思いながら、食卓について食べ始める。

昨日、パパが急に女の人を連れてきたときはびっくりした。しかも、娘であるあたしのご機嫌を取るような、ウザいタイプだった。

だけど何よりムカついたのは、パパにだ。

車の中で、あたしが目を覚ましたのも知らないで、ラブラブな感じの会話をしてた。あの女、咲良も咲良だ。ＤＶＤを貸すなんて。次の約束をしたいのが見え見えじゃん。

こういうの、なんていうか知ってる。あざとい、っていうんだ。

「なにがシンデレラだ、ばーか」

小声で言うと、パパがこちらを見た。

「ん？ なんか言ったか？」

にこにこしてる。あたしもにこにこして、

「何も言ってないよ」

と返す。

パパにも咲良にも、ほんとにムカつく。だけど昨日、あいそよくふるまったのは、来美に「お母さんがいないから」と言われるのに嫌気がさしたからだ。最初は「なんだこの女」と思って無視しようと思ったけど、そうだ、贅沢言ってる場合じゃない、パパだってオッサンなんだし、いくら医者だって再婚相手が現れるかどうかなんてわかんない。このあたりで手を打っておかなくちゃ、と気がついたんだ。

とりあえず誰でもいいから母親になってくれればいい。本当はああいうウザい女、大っ嫌いだけど。さばさばしていたママとは大違いだ。

「カオリ、そういえば眼帯取ったんだな。それでいいよ。やっぱり咲良さんのお陰かな」

なにを呑気なこと言ってんの。

眼帯に落書きの眼なんて、あんなダサいの、誰が喜ぶかっつーの。家に帰ってきて、そっこー捨てたっつーの。

「さあできたよ、食べよう」

ふんふんと鼻歌を続けながら、パパが二人分の朝食をテーブルに置く。向かい合って食べていると、

「昨日は楽しかったな」

とパパが言った。

「え、そう？」

わざとそっけなく言ってみるけど、パパはちっとも気がつかない。

「そうだ、シンデレラのＤＶＤを借りたんだよ。今日、観ようか」

「いや、別にいい」

「どうして。せっかくじゃないか」

パパがカウンターに置いていたＤＶＤケースに手を伸ばし、あたしに見せてくる。カバーには、ドレスを着たシンデレラが描かれている。

「え？　まさかのアニメ版？　せめて実写版じゃないの？」

大人になってまでアニメ版のシンデレラを観てるなんて。バカみたい。あきれちゃうけど、

「いいじゃないか、アニメだって。ディズニーだろ？」

とにこにこしている。

「まあカオリが興味ないなら仕方ない。一人で観てみるよ」

はぁ？

思わず、パパの顔を見る。おっさんが、一人でアニメ版のシンデレラを観るって？

キモっ！

「ごちそうさま。行ってきます」

いたたまれなくなって、立ち上がった。

「行ってらっしゃーい」

浮わついた声がうざくて、急いでランドセルを背負って玄関から出た。

教室に入ると、教室の真ん中でグループで大笑いしている渉がいた。

「おはよう」

声をかけると、グループ全員がぴたりと笑いを止める。

やっぱり、よそよそしい。

パパのせいだ。パパがあんなに大騒ぎするから。

「おとといはゴメン」

思い切って、声をかけてみる。

「ん？」

渉が振り向いてくれた。

「あんな大騒ぎになっちゃって。パパが言ったこと気にしないで」

「ああ、いや、うん、でもぶつけちゃったのは本当だから。こっちも悪いと思ってるし」

さわやかな笑顔。

やっぱり渉っていい奴だ。

「おはよう……あ、こら渉」

来美が教室に入ってきて、あたしと渉の前に割り込んでくる。

「またカオリちゃんにごちゃごちゃ言ってんの？　男らしくないよ」

「はあ？」

渉が言い、あたしは「違う、違うよ」と慌てて否定した。が、来美はちっとも聞かない。

「こんな奴の相手することないよ。行こ」

あたしの手を強引に引っ張っていく。渉はちょっとあきれたようにあたしと来美を見ると、すぐにグループとの会話に戻っていった。

余計なことしないでよ。

せっかく普通に話せるようになったのに……。この、おせっかいの勘違い女。そう言ってやれたらすっきりするんだろうけど、とてもそんな勇気はない。そんなことを言ったら、すぐにハブられるもん。ハブられたら、学校生活は本当に悲惨なものになる。

「ハンカチ落とし、やろう」

ハンカチ落としって……つまんない。だけど朝礼が始まるまでの残り十分、一人でいるとぼっちだと思われる。渉にそう思われるのはイヤだ。

「いいよ」

じゃんけんをして、鬼を決める。カオリが負けた。

「じゃあカオリちゃんが鬼だね」

勝った女の子たちが、輪になって床に座った。

「準備はいい？　じゃあ始めるよ」

あたしはポケットからハンカチを出す。と、輪がどっと沸いた。

「ちょっと、何それ」

「え？」

「今時、セイント・ハートのハンカチって」

一人が言うと、「だよね」「まだ持ってる子いたんだ」という声が続いた。

「え？　だって、今でもテレビでやってるし——」

「秋からはセイント・スイーツだよー。ハートはセイント星に帰ったんだから」

「あれ、そうだったっけ……」

だとしても、あたしは普通にハートが好きだし、新しいキャラクターが主役になったって、古いなんて思わない。だけどやっぱり、しまった、遅れちゃった、と焦る。流行について行けてないことに、焦る。

「みんな！　からかっちゃだめ！」

来美が突然立ち上がった。その大声に、他のグループの子たち——渉も——も、驚いてこちらを見る。

「こういうの、カオリちゃんはお母さんがいないから仕方がないの！　あんたたちさ、いつもカオリちゃんの持ち物が流行おくれだとかダサいとか、お弁当がキャラ弁じゃないとか、髪の毛の編み込みがぐしゃぐしゃだとか、陰で笑ってるでしょ？　だけどさ、あんたたちも、もしもお母さんがいなかったらって想像してごらんよ。絶対に同じようになるんだから」

こいつ、なにを言ってんの？

いや、ていうか、あたし、そんな風にみんなから思われてたわけ？

「カオリちゃん、気にしなくていいからね」

来美が、したり顔で頷く。

お母さんさえいれば。お母さんという存在さえいてくれれば、こんなに、こいつに見下されることないのに
——

「あのさ、もうすぐお母さん、できるんだよね」

にっ、と歯を見せて笑顔を作った。

「え！　そうなの？」

来美が目を見開いた。

「うん、あたらしいお母さん」

「よかったじゃん！」

「すごい優しいんだ。可愛いし、おしゃれで、しかもめちゃくちゃ若いんだよね。一緒に歩いてたら、お母さんっていうよりお姉さんだと思われちゃうかも」

「いいなあ」

来美が羨ましそうに言った。来美のお母さんはオバサンぽくて、参観日など、いつも恥ずかしがっているのだ。

あたしに母親ができるという噂は、あっという間にクラスに広まった。みんな、ホッとしたような感じだった。

夜、家に帰って、夕食をパパと食べた。食べ終わると、パパはいそいそとシンデレラのDVDをプレーヤーに入れる。シンデレラ城、そしてディズニーのロゴが大写しになる。六十インチの大画面の前で、にやにやしているおじさん。

げー、やっぱりキモ。

これをパパに薦める咲良のセンスの悪さと、デリカシーのなさに改めてむかつく。

「ねえパパ」

だけど、文句なんて言ってられない。センスが悪くてもデリカシーがなくても、女なら誰でもいいや。

「ん?」

ソファに座ったパパが、首だけで振り向く。

「咲良さんと結婚してよ。カオリ、咲良さんにお母さんになってほしい」

みるみるうちに、パパの顔が真っ赤になった。

わかりやすいなあ。

7. 咲良

救急車で運ばれ、そのまま大部屋に入院していた祖父が、個室へ移れることになった。

咲良は父と共に、大部屋からタオルや洗面用具などの荷物をまとめ、看護師の押すベッドのあとをついてエレベーターに乗る。

「そうかぁ……咲良のお友達がなぁ……ありがたい」

病で気が弱くなっているのか、祖父は寝たまま涙を浮かべた。

祖父の意識はしっかり戻り、ちゃんと喋ることもできるようになった。しかし手足に少々麻痺が残ってしまったので、退院までにある程度のリハビリをしなくてはならない。どこまで回復できるのか不安な気持ちになっていた時、せめて病室だけでも快適に、と、孝太が口をきいてくれ、個室に移れることになったのだった。

「わあ、景色がいいなあ」

ベッドに続いて個室に入った千夏が、窓へ近寄った。十階建ての病棟の最上階。日当たりもいい。

看護師がベッドを固定し終わり、去ったタイミングで、孝太が入ってきた。父が慌てて腰を折り、深々とお辞儀をする。

「咲良の父です。娘がお世話になっております。このたびは何から何までお世話に──」

「やめてください。お世話になっているのはこちらの方です。咲良さんがいらっしゃらなかったら、僕はこの世にいなかったかもしれないんですから」

孝太が父に、そして咲良に微笑みかける。

「ああ、それからお父様は、お仕事を探していらっしゃるとか」

「はは、いやお恥ずかしい」

父は頭を掻く。

「実は……僕の知り合いが手を欲しがっていまして」

咲良は驚いて目を見開く。孝太から連絡があったのは、お礼のショッピングに連れ出してもらってから三日後だった。その間にこうして祖父のことを考えて個室の手配をしてくれただけでもありがたいのに、父の仕事まで探してくれていたなんて。

——君を助けたいんだ。

孝太の力強い言葉を思い出す。あれはリップサービスではなかったのだ。

「病院のスタッフなのですが……いかがでしょうか？」

「病院って、そんなところで俺が出来る事なんて……」

「点滴や薬剤の箱を院内のさまざまな科に届けたり、重い機器を動かしたり、けっこう男手が要るんです。お父さまは、酒屋さんをされていたと聞いています。重いビールケースなども運ばれていたんですよね？　知り合いに話すと、すぐにでも来ていただきたいと」

「本当ですか？」

父の顔が輝いた。

「ビールケースなら、この年でも二ケースは重ねて運べるよ！　知ってる？　一ケース、二十キロはあるんだぜ！」

「頼もしいです。やっぱりお父さんにご相談して良かった。知人も喜びます」

店を失い、仕事を失い、ハローワークでもうまくいかず、意気消沈していた父の表情に、自信が戻った。

「よかったじゃん、お父さん」

千夏も嬉しそうだ。

こんな風に、父を立てながら、仕事を紹介してくれるなんて——

この人、なんて素敵な人なんだろう。

勤務場所や条件など詳細を父に話す孝太を、咲良は温かな気持ちで見つめた。

「かんぱーい！」

鍋の立てる湯気の中、ビールを満たしたグラスと、車なので孝太はウーロン茶のグラスが重なる。

あれから孝太の知り合いが経営する病院へ行き、顔合わせを行い、早速明日から働くことになった。父の就職祝い、そして孝太へのお礼をということで、咲良の家でしゃぶしゃぶ鍋でもしようということになったのだ。塾帰りのカオリも迎えに行って参加しており、ビールのグラスに交じってジュースの入ったコップがあるのがほほえましい。

カオリは人懐っこく、すぐに父や千夏とも打ち解けた。咲良が台所に立っていると、「あたしもやりたーい」と言いながら手伝ってくれるなど、本当に良い子だ。母親がしっかりとしつけをしたことが垣間見える。そんな母親でも、浮気相手と駆け落ちしようとしたのだから、わからないものだと思う。

咲良の母には、どういう思いがあったのだろう――ふと考えてしまう。

「いやもう、泉澤さんには本当にお世話になりっぱなしで。じいさんもいい個室に移らせてもらったし、俺も就職先を世話してもらって……ありがとうございました。ほら、飲んで飲んで」

父が酌をすると、孝太が恐縮しつつ杯を受ける。

「これで千夏を大学にやれるよ」

「げー、別によかったのに」

そう言いながらも、千夏は嬉しそうだ。口は悪いし態度は大きいが、根はやさしい子だ。大学に行きたいという本音を隠していたのかもしれない。

「千夏ちゃんは、受験生なんだ？」

「まあね」

「こら千夏、ちゃんと敬語で――」

「いいよいいよ。タメ口の方が気楽。僕は一人っ子でね、きょうだいがいたら良かったのにってずっと思ってた。なんだか妹ができたみたいで嬉しい」

「マジすか？　あたしもお兄ちゃんが欲しかったから嬉しいっす」

「こら、調子に乗らないの」

咲良がたしなめるが、二人は和気あいあいと会話を続ける。

「でもね泉澤さん」

「孝太でいいよ、千夏ちゃん」

「じゃあ孝太さん、ぶっちゃけ、また大学受験できることになったのは嬉しい半分、逃げたい気持ちも半分なんです。だってまた勉強しなくちゃならなくなったから。もうリタイヤする気満々だったから」

「勉強、苦手なの？」

「赤点ばっかっすよ」

「じゃあ僕が教えてあげるよ」

さらりと言ってのける孝太に、鍋をつついていた咲良と父が、え！　と驚いて見る。

「僕、医学生時代にアルバイトで高校受験の子のカテキョしてたからね。コツはわかってるつもり」

「マジすか?」

「夜の診療がない曜日があるから、それでよかったら、だけど」

「うわー助かる」

「そんな……いいんですか?」

遠慮する咲良に、孝太が爽やかに親指を立てる。

「任せて。実は教えるの、結構好きなんだ」

「ああ、お姉ちゃんのおかげだなあ」

嬉しそうに千夏が言った。

「正直さ、落ち込んでたんだ、あたし。だって、色々ありすぎじゃん。でも、お姉ちゃんのおかげで全部解決した。お姉ちゃん、ありがと。孝太さんも、ありがと」

千夏に、こんな風に感謝されたことなんてなかったので驚いた。正直、嬉しかった。

すごい。

孝太さんって、本当にすごい。

この人と出会ってから、全てがうまくいく。

わたしを救ってくれた。まるで王子様——

「家族全員お世話になっちゃって……なんだかすみません」

頭を掻く父の隣で、カオリが声を上げた。

「じゃあカオリも一緒に遊びに来る！　そしたら咲良さんに会えるし」

「カオリは午後も学校があるだろ？」

「あ、そっか」

口の周りにごまだれをつけたカオリが屈託なく笑う。

「じゃあパパ、咲良さんと結婚してよ。そしたら毎日会えるじゃん」

ドキッとする。一瞬、父も千夏もどう応えていいかわからない、といった顔をしたが、すぐに孝太が「あはは｜、まったくカオリは。おませだなあ」とさらりと流しながら笑ったので、みんなも一緒に笑った。

さらりと流せるということは、孝太は咲良を意識していないということだろうか。咲良自身は、こんなにドキドキしているというのに。それに、カオリも一体どういうつもりで言ったんだろう？

それからデザートを食べて、トランプなどをしてみんなで遊んでいたが、カオリははしゃぎすぎたのか眠ってしまった。

「そろそろおいとまします。ごちそうさまでした」

孝太がカオリを抱き上げる。

「こちらこそ、色々とありがとうございました」

店先まで見送り、父が頭を下げる。

「孝太ちゃん、ありがとね」

すっかり馴れ馴れしくなった千夏が手を振る。

「こら、さすがに〝ちゃん〟は失礼よ」

咲良がたしなめると、

「僕なら本当に大丈夫だから。ますます打ち解けられた感じがするし」

と孝太が笑いながら助手席にカオリを乗せ、シートベルトをつけた。

「そうだよ、お姉ちゃんだって泉澤さんじゃなくて孝太さんって呼べばいいのに」

「ちょ、ちょっと……」

「ぜひそう呼んでください」

孝太が微笑む。

「じゃあ……次からそうします」

きっと耳まで真っ赤になっている。暗くて良かったと思っていると、
運転席に乗り込む前、孝太がこっそり咲良に耳打ちをしてきた。

「あさって、会えませんか？」

「え？」

「付き合ってほしいんです」

付き合ってほしい、という言葉に胸が弾む。が、別の意味だと気がついて冷静になっ

た。

「どこへですか？」

「カオリの誕生日プレゼントを選びに」

「もちろん、いいですよ」

咲良が頷くと、孝太が嬉しそうに微笑み、運転席に乗り込んだ。三人で見送る中、車が発進し、テールランプが遠のいていく。

「孝太ちゃんさあ」

家に戻りながら、千夏が言った。

「ん？」

「お父さんには就職の世話をするのに、お姉ちゃんにはしないわけ？」

「ああ、そういえばそうだな」

父も同調した。

「そこまで頼めないわよ、厚かましい」

「孝太ちゃん、お姉ちゃんが辞表出したの知ってるのかなぁ」

「この間、メールにちらっと書いたけど」

咲良が言うと、千夏はにやにやした。

「んふふ」

「何よ」

「孝太ちゃん、お姉ちゃんには永久就職先を紹介するつもりなんじゃないの」

「ああ、それはいいなあ。お父さんは大賛成だ」

「ばっ……ばか、二人とも何を言って――」

「うふふ、あれは絶対に脈ありだよ」

勉強はいまいちのくせに恋愛経験だけは豊富な妹が、ご機嫌な鼻歌を歌いながら、階段を上っていった。

約束の日、鏡の前で咲良は洋服をとっかえひっかえし、アクセサリーも徹底的に吟味した。顔にファンデーションを塗って眉毛に取りかかったところでインターホンが鳴った。が、無視する。どうせ宅配便か何かだろう。アイメイクは真剣勝負だ。絶対に失敗できない。

また鳴る。無視して一本一本ペンシルで毛を描き足していく。また鳴った。何度も何度も鳴った。

「あぁもう！　なんなのよ」

階段を下り、玄関を開ける。立っていたのはヒロムだった。

「――なに、やってんの？」

ヒロムは頭を丸めていて、しかもギターのハードケースを担いでいる。どう見ても不審者だった。

「咲良！」

ヒロムは突然叫んだかと思うと、ギターケースを脇に置き、土下座をして頭をアスファルトにこすりつけた。

「悪かった。どうかしてた。あいつとはもう別れたから。許してくれ。頼む」

唖然とする。ヒロムの土下座にではない。この数日、ヒロムの存在や浮気のことなどをすっかり忘れていた自分にだ。

あんなに好きだったのに。

一生支えるって誓っていたのに。

高校の時から、ヒロム以外の人を愛せるなんて思ったことなかったのに――

「咲良、傷ついたよな。愛してるのは、咲良だけだから。だからお願いです。戻ってきてください」

「あ、でも……」

「わかってる。不安だよな？　だから、俺たち結婚しないか？　っていうか、するべきだと思う」

「は？」

「ずっとしたかったんだろ。咲良の気持ちには気がついてたよ。わざと知らんふりしてた。現実逃避だ。だけど、もう逃げないから」

「ちょ、ちょっととりあえず、顔を上げて」

ヒロムが顔を上げる。額に、細かな砂利がついていた。

どうしてこんな男が好きだったんだろう。

かつてはあれほど愛しいと、毎日見つめていたいと思っていたヒロムの顔が、ただうっとうしく感じる。自分勝手で、咲良をさんざん利用し、貢がせ、浮気していた。

こんな男、クズだ。

やっと咲良は目が覚めたのだ。

「ヒロム、ありがと」

「咲良……」

ヒロムがほっとしたような笑顔になる。

「浮気してくれて、ありがとう。でなきゃわたし、今でもずっとあんたに尽くしてた。やっと目が覚めた。別れてください」

「そんな、咲良。俺、お前のこと幸せに――」

「どうやって？」

「え」

「どうやってわたしを幸せにするつもりなの？　お金は？　家は？」

「ちょ、ちょっと待てよ。お前、これまでそんな打算的なこと言わなかったじゃないか」

「打算？　ごく普通にお金や家のことを心配するのが打算なの？　だったらヒロムはなに？　ただの無責任じゃん」

「無責任って……ひどいことを言うなぁ」

ヒロムが傷ついた顔をする。これまで、さんざん人を傷つけておいて。

「打算なんかじゃない、こういう考えの方が普通なの。今までのわたしが本当におめでたかっただけ。わたし、ちゃんと幸せになりたい。家族も幸せにしたい。ヒロムには、本当にできる？　ヒロムがわたしと別れたくないのは、尽くしてもらえるからでしょ？」

ヒロムはなにも答えない。咲良はため息をついた。

「もう帰って。二度と来ないで」

ヒロムはうなだれたまま、とぼとぼと帰っていった。

待ち合わせの喫茶店に入ると、孝太はコーヒーを片手に本を読んでいた。そういえば、ヒロムが本を読んでいるところなんて一度も見たことがない。それに、ヒロムはいつもジャンパーとよれよれのバンドTシャツ姿だが、孝太は品の良いコーデュロイのジャケットに、襟付きのシャツを着ている。

「お待たせ。泉澤さ——孝太さん」

声をかけると孝太は本から顔を上げ、「さっき来たところだよ」と優しく笑った。

さっきヒロムに会ったばかりだからか、あらためて素敵に見えた。やっぱり結婚するなら孝太のような人だ。大人で、優しくて、責任感が強くて、包容力があって、経済力があって、社会的信用も、地位もある。

そう。孝太がいれば、わたしはシンデレラになれる——

喫茶店を出て、カオリのプレゼントを選びに雑貨ショップへ向かう。孝太が手をつないできた。咲良は舞い上がり、うきうきした足どりでショップへ入った。

「こういう店なんて初めてで、何を買っていいか余計にわからないな」

カラフルな雑貨や文房具を、恥ずかしそうに見回す。そんな孝太が可愛らしく見えた。

「男の人ってそうかもね。カオリちゃんは何を欲しがってるの?」

「ああ、体操服の袋が汚れてきたから新しいのがほしいって言ってたけど……これなんかどうかなあ」

孝太が手に取ったのは、幼稚園児が持っていそうな、ハムスターの可愛らしすぎる柄だった。

「それはちょっと……」

「え、ダメ？」

「子供っぽすぎるんじゃないかな」

「だってカオリは子供だよ？」

「女心をわかってないなあ」

「女心って」

「小学二年生、八歳の女の子だよ？　心はもうオトナ」

「そうなのかなあ」

「そうよ。あ、これなんかどうかな」

咲良はカラフルなソフトクリームがいくつもプリントされた巾着を取った。

「なるほど、女の子はこういうのが好きなんだなあ」

孝太も手に取り、透明の袋越しにためつすがめつする。

「あ、ダメだ」

「え、どうして？」

「学校の規定があってね。縦が三十センチまで、横が四十センチまでって決まってるんだ。これはどちらも大きい」

「公立なのに、そんな規定があるの？　厳しいね」

「いや、そういうわけじゃなくて、ロッカーが小さくてね。収まらないいんだよ。だから」

「そっか……じゃあこれはダメだね。気に入ってもらえると思うんだけどなあ」

咲良は、同じ棚にある同様の商品を見渡す。が、水玉やストライプなど、この柄に比べると個性に欠ける。

「あ、そうだ。わたしが作るよ」

「え?」

「ほら、生地だけ売ってる。規定サイズに合わせてわたしが作る」

「いや、いいよ、そんなの大変だよ」

「ううん、カオリちゃんの為なら苦にならない」

「そんな……いいのかな」

「巾着くらい、簡単、簡単」

咲良がウィンクすると、「カオリ、めちゃくちゃ喜ぶよ」と嬉しそうに言った。

「いたっ」

その夜、部屋で咲良は布地と格闘していた。

巾着袋なんて、布を二枚縫い合わせて、紐を通せばいいだけ——そう考えていたが、甘かった。ミシンを持っていないから手縫いだが、キルティング布は厚手で針が通りにくい。まっすぐ、しかも等間隔に縫うのも一苦労だ。

こんな時、お母さんがいてくれたらな。

甘えて、教えてもらいながら一緒に縫ってもらえるのに。「これくらいも一人で縫えないの？　まったくもう、咲良ったら」なんて叱られながら。

——なんて、寂しさに浸ってる場合じゃないか。

咲良は一人で苦笑し、地道に針を刺した。

安いミシンを買うことも考えたが、これだけのために買うなんてばかばかしくてやめた。けれどもこんなに大変なら、買っておけばよかったかもしれないと後悔する。

そもそも咲良は裁縫が苦手だし、大嫌いだった。肩も凝るし、目も痛くなる。それでも手作りをする、と言い張ったのは、もちろん孝太に家庭的だと思われたいからだし、カオリに気に入られたいからだ。

打算的、と昼間にヒロムに言われたことを思い出す。

ううん、こんなのは打算じゃない。気に入られたくて努力するのは当たり前だもの。

自分に言い聞かせつつ、咲良はひたすら針を進める。

わざわざ手縫いしたと聞けば、普通のプレゼントをもらうよりも、カオリは感激してくれるに違いない。孝太と結婚したければ、連れ子であるカオリから母親にと望まれることが最も大事だ。孝太はきっと、自分がどれほど好きになっても、カオリが気に入らない女性とは再婚を考えない。そんな気がする。

「いたっ」

指先に鋭い痛みが走る。みるみる血が出てきた。

口に含んで血を吸い、またすぐに縫い始める。少しすると、また刺してしまった。

「あーあ、またやっちゃった」

痛いし情けないが、不思議と笑える余裕があった。みじめったらしい部屋で背中を丸めて、一生懸命、他人の為に縫物をする——なんだかそれが、まるでシンデレラのように思えたのだ。

こんな風に孝太に尽くすことが、幸せへの第一歩なのではないか。こうして頑張っていれば、孝太が王子様になってくれるんじゃないか——

そんな妄想を膨らませているうちに、なんとか完成した。全く同じサイズで切ったはずの布は、ふぞろいな縫い方のせいで、ぶかっこうに歪んでしまっている。紐通しで紐を通し、ぎゅっとしばると、なんとか巾着らしくなった。

同じ部屋で、寝転んで漫画を読んでいた千夏が、「よくやるよね、お姉ちゃん」とちょっとあきれ気味に言った。

「でもまあ、それだけ真剣に射止めたいってことでしょ」

「そうかも」

「あたしもうまくいってほしいな。孝太ちゃん、すごく優しいから」

「やっぱりそう思う？」

「もちろん。だってヒロムって、ダメンズの代表選手みたいな男だったじゃん。お姉ちゃんには幸せになってほしいもん」

真剣に、千夏が言った。

これで、孝太を射止めてみせる――

咲良は、ぎゅっと巾着を抱きしめた。

金曜日の昼間、きれいにラッピングした巾着袋を持って、孝太の家に向かう。カオリが学校から帰ってくる前に、誕生日の飾りつけをして、食事を作っておくという段取りだった。

道中で、急患が入って遅くなるので、自宅でなくてクリニックへ回ってほしいというメールが来た。咲良は「午前の診療は終了しました」というプレートのかかったクリニックのドアを押し開ける。中には受付嬢が一人いるだけで、がらんとしていた。

「あの――」

「福浦さんですね。もうすぐ診察が終わりますので、少々お待ちくださいね」

話は通っているらしい。咲良のことを、どんな関係だと聞かされているのだろうか。気になりながら、咲良は待合室に腰かけた。

手持ち無沙汰で雑誌を読んでいると、診察室のドアが開いて、杖をついたおじいさんが出てきた。おじいさんが会計をすませて出て行くと、白衣姿の孝太がやってきた。

「ごめんね、待たせちゃって」

「ううん」

「先生、すみません、午後から予約の沢田さんなんですけど――」

奥から貫禄のある体型をした看護師が出てきた。

「あらお客様でしたか、失礼いたしました」

「あ、いや、いいんだ。こちら、福浦咲良さん。こちらは大ベテランの西中さん」

咲良と西中は、互いに「どうも」と頭を下げる。

「えーと、沢田さんか。今日は先に採血してもらって、それからエコーで……あ、咲良さん、悪いけど、先に家にあがっていてくれるかな。この奥からつながってるから」

「あ、はい」

「テンキーパッドがあって、それが鍵になってるんだ。５５１４だから」

「え、そんなの教えていただいたらまずいんじゃ……」

「構わないよ。これからしょっちゅう来てもらうんだし」

咲良が驚いて孝太の顔を見ると、その顔が真っ赤になった。

「え、先生、今の何？　意味深やわあ」

西中がからかう。

「いや、ちょっと口が滑ったっていうか……本音が、というより願望が出てしまったというか」

「んもう、先生、もどかしいわあ。はっきりと、関係を進展させたいって言うたらよろしいやないの」

「そう……なんですか？」

「まあ、そりゃ、その、そうだけど」孝太が頭を搔く。「まいったなあ」

「泉澤先生は、とってもまじめですよ。堅物なくらい。しかも開業医。おまけにあんなに可愛い娘ちゃんもいる。こんなにお得なセット、なかなかないですよ」

「ないですよねえ」

受付嬢も同意する。

咲良は顔を赤らめて照れた振りをしながら、冷静に心の中で「連れ子がいるのは、ちっともお得なんかじゃないんだけど」と思う。

バツイチよりは初婚、連れ子がいるよりはいない方がいいに決まっている。けれども、バツイチで連れ子がいるからこそ、咲良にも開業医と結婚するチャンスがあるのだ。それに、連れ子の方が、意地悪な継母と継姉のセットよりはマシだ。それに、孝太の父親はとうに亡くなり、母親は介護施設にいるという。この先、義理の両親との同居も介護もしなくていい、というのもポイントは大きい。もしも同居も介護も必須なのであれば、孝太がいくら開業医で優しくても、結婚には躊躇してしまうだろう。

いずれにしても、咲良が孝太に選んでもらえたのは、カオリが母親を求めているところも大きいだろう。孝太にも、大なり小なり、打算はあるはずだ。そして、それはそれで構わない。

さんざん看護師と受付嬢に冷やかされたあと、咲良は奥の階段から孝太の自宅に入った。

風船を膨らませて飾り、ＨＡＰＰＹ ＢＩＲＴＨＤＡＹというアルファベットのぶら下がったガーランドを壁に貼る。それからちらし寿司を作ったり、りんごでうさぎを作ったりした。

だいぶたってから、孝太が上がってくる。

「さっきはごめんね。西中さんたちが盛り上がっちゃって」

「いえ、大丈夫です。なんか、誤解されちゃってますよね」

「……じゃないかも」

孝太が咳払いしながら何か言った。

「え？」

「誤解じゃないかも」

孝太がごくりと唾を飲み、思い切ったように言った。

「ぼ……僕は真剣だから」

「え……？」

「咲良さんと、関係を進展させたいと思ってる」

期待に心臓が高なる。

「咲良さんと、結婚できればいいなと思ってる」

孝太が言い切った。耳まで真っ赤になっている。余裕のある大人の男性だと思っていたが、まるで純朴な高校生に告白されているようだ。孝太の真剣さ、ひたむきさが伝わってきて、胸がじんとした。

「咲良さんも、僕と同じ気持ちでいてくれてると思ったけど、違う？」

「……違いません。だ、だけど、わたしたち、まだ出会ったばかりですよね？」

「確かにそうかもしれないけど……シンデレラと王子が結婚するのだって、出会ってすぐでしょう？」

孝太が、まっすぐに咲良を見つめる。

「……DVD、観てくれたんですね」

「うん、観たよ。シンデレラが咲良さんに見えて仕方がなかった」

顔を赤くしながらも、こんなことをさらりと言う。今度は咲良の方が真っ赤になった。

「僕では、咲良さんの王子様になれないかな」

「孝太さん……」

胸がいっぱいで、言葉が出てこない。見つめ返すのがやっとだった。咲良の沈黙を別の意味に受け取ったのか、孝太はふと冷静になったように、寂しげにふっと息をついた。

「先走ってすまなかった。僕はかなり年上だし、子供もいる。咲良さんはまだ二十代だもの、いきなり結婚話なんてされたら引く――」

「ち、違います」

咲良は思わず、孝太の方へ一歩踏み出した。

「違うんです。びっくりして。だって……だってわたしも、孝太さんのこと王子様みたいだって。結婚できたらいいなって」

「――本当に⁉」

「はい」

咲良は、しっかりと目を見て頷き返す。緊張気味にこわばっていた孝太の頬が、嬉しげにゆるんだ。

「よかった。信じられないよ」

「わたしも……です」

「福浦咲良さん」

突然、孝太がひざまずき、咲良の手を取った。

「僕と結婚してくれますか？」

ひざまずいた姿が、ヒロムとかぶる。なんという違いか。孝太は、本物の王子様だ。

「はい」

咲良が頷くと、孝太は「やった！」とガッツポーズをし、立ち上がって咲良を抱きしめた。どちらからともなく、おずおずと唇を寄せる。長い、長い、情熱的なキス——

「ただいまー」

玄関のドアの音に、弾かれたように離れた。顔は赤くないだろうか？　孝太の顔を見ると、唇に咲良のグロスがついている。カオリの足音が近づいてくるのにヒヤヒヤしながら、急いで咲良が拭ってやった。

「あ、咲良ちゃんだ。来てくれたの」

キッチンのドアが開き、カオリが思いきり抱きついてくる。なんだかくすぐったかった。

「わー、飾りつけ、きれーい。風船もある」

「気に入ってくれた？」

「もちろん！　あ、いい匂い」

「ちらし寿司だよ。カオリちゃんが好きだって聞いたから」

「好き！　お腹ペコペコー」

それからは、写真を撮ったり、食べたり、ケーキのろうそくを吹き消したり、楽しいパーティーとなった。写真もたくさん撮ってあげた。手作りの巾着袋を渡すと、「え、これ咲良ちゃんが作ったの？　すごーい」と大喜びしてくれた。

「あとね、ニュースがあるんだ」

孝太が、咲良をちらりと見ながら、カオリに言う。

「なに？」

口の周りに生クリームをいっぱいつけながら、カオリが聞いた。

「咲良さんがね」

「うん」

「ママになってくれるって」

カオリがぱくっとイチゴを口に入れる。そのまま数回咀嚼してから、やっと合点がいったように、「ええー！」と叫んだ。

「ちょ、ちょっと待って」

急いで飲み込み、まくしたてる。

「咲良ちゃんが、ママに？　カオリの？　嘘でしょ⁉」

目をキラキラさせ、はしゃいでいるカオリが可愛くて、咲良の手が自然にカオリの髪に伸びる。

「嘘じゃないよ。ほんとだよ」

髪を撫でながら、おでこにおでこをくっつけて言うと、

「信じられない‼　やったあ！」

とカオリが抱きついてきた。

「カオリちゃんのママになってもいいかなあ？」

「当たり前じゃん！　ありがとう、咲良ちゃん‼」

「こちらこそありがとう、カオリちゃん」

咲良の肩に顔をうずめているカオリと、カオリを抱きしめている咲良を見つめる孝太は、とても幸せそうだ。

「ねえねえ」カオリが、パッと顔を上げた。「いつニューセキすんの！」

「え？」

咲良と孝太の声が重なる。

「ニューセキしたら、本当のママになるんでしょ、知ってるよ」

「もう、カオリちゃんたら」

咲良はおしゃまなカオリの額を、人差し指で小突いた。

「そうだなあ、いつにしようか。僕は、いつでもいいなあ」

孝太が、おもねるように咲良を見る。

「わたしも……別にいつでも」

「じゃあ今から！」

カオリが立ちあがった。

「え⁉」

孝太もつられて立ち上がる。

「なんで待つ必要があるの？　どうせなら、今日ニューセキすればいいじゃん！」

「それは、まあ、そうかもしれないけど……咲良さんは、どう？」

咲良も驚きながらも、心の中では、カオリの猛プッシュに感謝したいくらいだった。

幸せになるのは、早ければ早い方がいい。

「わたしも……孝太さんがよければ」

もじもじと向かい合っている咲良と孝太を、

「もう、早く！　ニューセキ！」

とカオリが急き立てる。カオリはジャンパーを羽織ると、ソファに置いてあったコートとバッグを咲良の手に押しつけた。咲良はふわふわした気持ちで、コートを着て、バッグを持ち、靴を履く。

本当に？

本当に？

わたし、今から結婚するの？

孝太の運転する車に乗り、そのまま市役所へ着く。カオリは「咲良ちゃんと一緒に座る」と言って後部座席に並んで座り、ずっと手をつないでいた。

婚姻届を記入し、その場にいた見知らぬ成人男性に証人になってもらい、提出した。

「おめでとうございます」という言葉と共に、あっさりと受理された。

けれども、咲良の頭の中では、ファンファーレが鳴り響いていた。灰色の市役所が金色に輝き、地味な職員たちが、咲良のウェディングのために立ち働くお城の給仕に見えた。

わたしは今、ガラスの靴を履いたんだ。

シンデレラになったんだ――

「ママ」

カオリが、ぎゅうっと抱き着いてきた。まだ、頭がぼうっとしている。

「もう、泉澤咲良だね」

孝太が言い、ああ、そうなんだ、と噛みしめた。

「まだ信じられないわ。だって、こんなに急に」

「僕だって。だけど、運命だったんだって気がしてる。あの日、咲良ちゃんと出会えたこと」

「酔っぱらったおかげだね！」

カオリが茶化す。が、その目には涙が光っていた。それを見て、咲良の胸が震えた。

この時までは、正直カオリのことを、孝太との結婚のカギを握るキーパーソンとしか思っていなかった。だけどカオリは本当に母親を求め、咲良を望んでくれたのだ。

この子を幸せにしてあげたい。

自分が母にしてもらいたくて、だけどしてもらえなかったことを、全てしてあげたい。

咲良を母親として迎えてくれた思いに、心から応えてやりたいと思う。

「カオリちゃん、改めてよろしくね。わたし、いいお母さんになれるように、頑張る」

カオリは、さらに強く抱き着いてきた。そんな二人を、孝太が涙をぬぐいながら、温かな目で見守ってくれている。

わたしたちは、今日から三人家族だ。

最高のクライマックスだ。

これ以上ないハッピーエンド。

咲良の頭の中には、何度も繰り返し、うっとりしながら聞いた、お決まりの言葉が流れる。
それからシンデレラと王子様は、いつまでもいつまでも、幸せに暮らしましたとさ
——

8. 孝太

身内だけを招いた、こぢんまりした結婚パーティーを借り切ったレストランで行ってから、二週間。泉澤家に引っ越してきた咲良は、もうすっかりなじんでいる。

電撃入籍したことは、咲良の家族にものすごく驚かれた。が、とても喜んでもらえた。カオリも喜んでいるし、咲良を「ママ、ママ」と呼んで慕っている。

この結婚は正解だった。両家族のひとりひとりを幸せにすることができた。

「はい、お弁当」

咲良がランチバッグに入れた弁当箱を、カオリに持たせている。朝食もトーストだけでなく、時にはワッフルだったり、和食だったり、中華がゆなんかが出たりとバリエーションが豊富で、カオリは毎朝起きるのが楽しみなようだ。

咲良と結婚して良かった、と嚙みしめている毎日だ。

「ん？　なに？」

カオリを見送った咲良が、孝太の視線に気がついて振り向く。

「いや……最高の妻であり、母親だなと思ってさ」

「もう、照れるじゃない」

咲良を抱きしめて、キスをする。

「いや、本心だよ。カオリのアレルギーにもよく対応してくれてさ。母親ならではだよ」

「うふふ。お仕事遅れちゃうよ?」

「じゃ、そろそろ行ってきます。今日は一緒にお昼ご飯を食べられないね。残念」

午前の診療が終わったら、普段は家に戻ってきて一緒に咲良の手料理を食べる。けれども今日は、往診が何件か入っていた。

「さみしいけど、美味しいお夕食を作って待ってるからね」

「はーい。じゃあ」

咲良に再び口づけすると、孝太はクリニックへとつながる階段を下りて行った。

往診をこなし、そのまま午後の診療をして、帰宅できた時にはすでに午後九時前になっていた。受付終了時間は七時だが、丁寧に患者を診ていたらどうしてもこれくらいの時間になる。腹はぺこぺこで、料理上手な咲良が今日は何を用意してくれたのだろうと、わくわくしながらドアを開けた。

「ただいまー」

いつもなら、咲良とカオリがそろって出迎えてくれるのに、今日は誰も出てこない。

二人でコンビニでも行ったのだろうかと思いつつ、中に入る。リビングで話し声が聞こえたので覗いてみると、ちゃんと二人はいた。

「なんだ、いたのか。ただい――」

言いかけて、ふと止まる。カオリの顔や手足に、赤い発疹がまばらにできていた。

「どうした⁉」

驚いて、カオリの前に回る。

「ごめんなさい」

咲良が申し訳なさそうに呟いた。

「アレルギーを克服しようと思ったの。わたしにもできたから」

意味が分からず、きょとんとする。少しして、やっと理解した。

「食べさせたの？　エビを？」

「……少しだけ、夕食に混ぜてみたの」

「はあ⁉」

「わたしもエビアレルギーがあったの。だけど、少しの量から慣らしていって、今は大丈夫になったから、だからカオリちゃんも……」

　怒鳴りつけたい衝動を、なんとかこらえた。

「カオリのアレルギーは、軽いものじゃないんだ。皮膚に出るだけならまだいいけど、気管支がむくんで呼吸困難になる可能性もある。危険なんだよ、命に係わるかもしれないんだ。だから学校でも、給食じゃなくてわざわざ弁当を持たせてるくらいなんだから。アレルギーだってことは、何度も説明したよね⁉」

　できる限り、冷静に言ったつもりだ。だけど端々で口調がきつくなってしまう。

「だけどぉ、克服させてあげたかったんだもん……」

　涙ぐみながら、咲良が繰り返した。声が鼻にかかり、馬鹿っぽく聞こえる。

　いや、本当に馬鹿なんじゃないか？　だって克服も何も、死んでしまったら意味がない。この女は、そんなこともわからないのか？

「カオリちゃんの為にと思ったの」

　なにがカオリの為に、だ。

　だったら、どうしてカオリがこんな状態になっても、なんとも思わないのか。

　どうして泣くんだ。どうして被害者ぶるんだ。

「二度としないでくれ！　わかったね？」

　声を荒らげると、咲良はこくんと頷いた。

「カオリ、大丈夫か?」

「うん、大丈夫。ちょっとかゆいだけ」

えへへ、と笑いながら、カオリはぼりぼり顔や腕を掻いている。可哀そうに。咲良に気を遣っているのだろう。

こんな無謀なことができるなんて、やはり咲良が実の母親ではないからだろうか。いくらカオリの為を思ってとはいえ、血のつながった子にリスクの高いことをできるわけがない。藹香は絶対にしなかった。

カオリに口を開けさせ、舌や顎、喉を見る。まぶたの裏などを確認していると、背後で鼻をすする音が聞こえた。振り向くと、咲良が本格的に泣いている。

「……今度から気をつけてくれればいいから」

笑顔を作った。が、引きつっているのが自分でもわかる。

「うん……ほんとごめんね」

咲良が嗚咽した。勘弁してくれよ。カオリの様子をちゃんと見てやりたいのに。泣きたいのはこっちだ。

「カオリも大丈夫みたいだし、もうなんとも思ってないから。先に寝室に行ってなよ」

「はい……」

これみよがしに涙をぬぐうと、咲良はリビングを出て行った。

孝太は、初めて咲良に対して、そしてこの結婚生活に対して、不安を感じた。

けれどもそれからは、咲良は過敏なほど食事に気をつけてくれるようになった。よかった。エビのことは、単なる無知によるものだったのだ。

安心した矢先、今度はカオリが、「巾着袋が失くなった」と落ち込んでいると咲良から聞いた。孝太は誰に盗られたのか、心当たりはあるのか、と、問いつめたが、カオリは「わからない、わからない」と泣くだけだ。

「なあ、明日、朝一番に学校へ行って、担任に話してきてくれないか」

夜寝る前、寝室で二人になってから、咲良に頼んでみた。しかし咲良は、

「巾着袋なら、また作ってあげるよ」

と、とんちんかんなことを言う。

「いや、そうじゃなくて――」

言いかけて、やめた。これは、感覚の問題だ。カオリがこんな目にあっていて、自然に怒りや心配が湧いてくるかどうか。怒ってくれ、心配してくれ、と頼んでしてもらうものではない。この件は、咲良にとっては心配事項ではないのだ。

これが血のつながった子であったなら、おそらく――いや、絶対に、咲良も心配し、率先して学校へ乗り込んでいくだろう。けれども、そうではなかった。

咲良はカオリに優しい。本当に充分すぎるほど、よくしてくれる。けれども、こういう場面では、本当の母親でないことを意識せざるを得ない。

「じゃあ、明日は僕も午前中の予約を動かして、なんとか時間を作るよ。だから一緒に行こう」

「わかった。じゃあ明日、一緒に行くね」

咲良がそう言ってくれたので、ホッとする。

「ねえ、それより……」

咲良が、唇を近づけてきた。こんな時に、と思ったものの、迫られれば、まだ若い咲良の肉体に反応してしまう。なんせ、まだ新婚なのだ。

口づけしながら、咲良の体の上にまたがる。柔らかな胸に手を触れた時、寝室のドアが開いた。振り向くと、パジャマ姿のカオリが立っていた。

「カオリ、どうした？」

慌てて咲良から離れ、取り繕う。まだ服を脱いでいなくて良かった。

「怖い夢を見たの。一緒に寝てもいい？」

「もちろん。さあおいで」

カオリがベッドに上がり、孝太と咲良の間に横たわった。生意気になってきたが、やっぱりまだまだ子供だ。カオリが愛おしくなって、孝太はぎゅっと抱きしめた。が、ふと咲良を見ると不満げな表情でカオリを見ている。

ああ、面倒だなあ。

孝太は、はっきりと思い、心の中で舌打ちした。

邪魔をされても、本当の親子なら何とも思わないだろう。やはり咲良の感情は、母親のそれとは全く別物なのだと思い知る。

もしも、今目の前で、カオリと咲良が溺れていたら、どちらを助けるだろう――

妻が生きていた時にも、なぜだか何度も自分にしていた質問をする。妻とカオリと比較した時は、どうしても選べなかった。

けれども、今の孝太は断言できる。咲良には見向きもしない。カオリをまっしぐらに助けに行くと。

ということは、孝太もまた、咲良をかけがえのない本当の家族だとは見ていないのだ。

初めて気がつき、愕然とする。

咲良だけでなく、自分もこうだとは。この結婚の行く末が、不安になった。

翌朝、孝太は咲良と学校の面談室にいた。朝一番に電話をして、朝礼が始まる前に時間を取ってもらったのだ。孝太は担任に咲良を新しい母親として紹介すると、早速本題に入った。

「巾着袋は、今の妻が手作りしてくれたもので、娘にとって大切なものなんです。誰が盗ったか正直に名乗り出るように、クラスで話し合っていただけませんか」

若い担任は遠慮がちに答える。

「だけど、あの、盗られたとは限らないのではないでしょうか」

「だって、突然なくなったんですよ？　娘が嘘をつく理由なんてないですし」

「失くしたとは考えられませんか？」

「失くしたなら、そう言うでしょう。わざわざ盗られたなんて言いませんよ」

「新しいお母様と仰いましたね？　せっかく作ってもらったものを、失くしてしまって申し訳ないと思ったとは考えられないでしょうか」

担任は淡々と話しているが、簡単には盗難を認めまいとする強固な意志がにじんでいる。

「だとしても、盗られたなんて嘘はつきません」

前回と同じように話は平行線だ。だが、孝太は今回こそ譲るつもりはなかった。

「お言葉ですが、なさぬ仲というか……やはり新しいお母様なので遠慮があったのではないですか？」

「ありません。妻とカオリは、とても仲が良いのです。本当の親子のように」

「お父様がお気づきでないこともあるのではと――」

「そんなことはありません。なあ、咲良」

隣に座る咲良に、援護を促す。が、咲良は「はあ」と、なんとも気の抜けた返事をするだけだった。

「とにかく」

孝太は気を取り直し、担任に向きなおった。モンペのようだと思われてるだろうか？ いや、ここでひるんではいけない。イジメの芽かもしれないのだ。

「とにかく、クラスで調べていただけませんか？」

「犯人がいるかどうかもわからないのに、犯人捜しをするというのは、なんとも――」

「しかし、実際に失くなっているんです」

煮え切らない担任に、いらいらする。咲良も咲良だ。孝太と一丸となって発言してほしいのに、隣に座っているだけで何も話さない。今後、咲良一人で学校に行ってもらうこともあるだろう。カオリのために、教師に対峙してほしいこともある。

しかしこれでは、とても期待できない。

任せられない――

押し問答の末、巾着袋が紛れ込んでいるかもしれないから、と理由をつけて全員の持ち物を確認してもらう約束を取り付けた。どっと疲弊し、ふらふらと家に戻る。

「お疲れ様。お茶でもいれようか？」

あくまでも他人事(ひとごと)のように言いながらキッチンへ向かう咲良を無視して、階段をあがった。あてつけのように足音を荒くしてやったが、湯沸かしポットから湯を注ぐポコポコという呑気な音が聞こえてくるだけだった。おそらく、孝太の不機嫌さ、そして不信感に全く気がついていないのだろう。

思い切りアトリエのドアを閉めてやった。さすがに気がついて、慌てて上がってくるのではないか？

期待しつつ、しばらく待ったが、足音は聞こえてこない。代わりにスマホが鳴った。

『緑茶、はいりました♡』

なぜだかそのメールを見た途端、頭が真っ白になるくらい腹が立ち、床に投げつけた。ショック吸収のケースをつけたスマホは、軽くバウンドする。それをさらに蹴りつけた。いけないい、まずは落ち着かなければ。土を保管用のビニール袋から取り出し、こねる。荒々しく、力を込めて、時には叩きつけて。いつもなら、土が柔らかくなるにつれてだんだん心が凪(な)いでくるのに、今回はたかぶりがおさまらない。腹が立って、いらいらして、仕方がなかった。

土をちぎったり、再び混ぜたりするうちに、指が無意識に何かを形作っていく。いつの間にか、それは女性の人形になっていた。ふと思いついて、床に落ちたままになっていたスマホを拾い、咲良の写真を出す。それを見ながら、髪型、表情などを咲良に似せていった。

ごく簡単だが、身長が三十センチほどの咲良の人形が完成する。

孝太は咲良の人形を横倒しにすると、切っ先の鋭い陶芸ナイフを持ち、手を振り上げた。そのままますぐ手を下ろし、首を切り落とした。ころん、と微笑みを浮かべた頭部が転がる。

少しだけ、胸がスッとした。

次に手を切る。足も。四肢を切り落とすと、今度はそれらを細かく切り刻んでいった。

ああ、どんどん胸が軽くなっていく。

一つでは飽き足らず、二つ目を作った。また腕を振り上げ、頭、両手足を切り落とす。

孝太は目を血走らせ、夢中になって、咲良に似せた人形の切断を続けた。

9. カオリ

毎朝、きれいな編み込みをしてもらえるようになった。

そのほかにも、分け目をジグザグにしたり、おだんごにしたり、フィッシュボーンにしたり、髪型のバリエーションがぐんと広がった。ママ――咲良でなく本当のママ――でさえ、ここまではしてくれなかったから、これは期待以上だった。

正直、ママになってくれるのなら、咲良でなくてもよかった。毎日可愛らしいキャラ弁を作ってくれて、髪を編み込んでくれれば、誰でもよかった。その点、咲良が料理上手なのは確認していたし、咲良自身もきれいな編み込みをしていたから、大丈夫だと踏んでいた。

「カオリちゃん、今日はどんなアレンジがいい？」

毎朝、咲良はそうやって聞いてくれる。そして、どんなに手間のかかる髪型でも、必ず手際よくやってくれる。

弁当だってそうだ。前の日にリクエストをしておけば、材料がないなどの場合を除いて、作ってくれる。

すごく優しい。

でもこれって、本当のママじゃないからだと思う。本当のママだったら、逆に、「今日は時間がないから無理」とか「普通のお弁当で我慢してよ」とか言うもん。だけど、まあ、とにかくこれでいい。ちゃんとお母さんが家にいて、あたしのことを愛してくれて、世話をしてくれるってことが、友達に伝わればいいから。

今日もいつも通り、ご機嫌で学校へ行った。教室へ入ると、朝礼まで校庭で遊んでいる子が多いのか、誰もいなかった。渉も走り回っている。あたしも、勇気を出して交ざろうかな。先にトイレに行っておこう。

女子トイレの個室に入っていると、きゃっきゃと話し声が聞こえてきた。誰かが入ってきたようだ。声から、菜々美、瑤子だとわかる。もともと来美と仲良しだった子たちで、最近一緒に休み時間を過ごしている。

早く出て、あたしもおしゃべりしたい。急いでパンツを上げて、水を流した。

「カオリちゃんてさぁ」

突然自分の名前が聞こえたので、鍵を開けようとした手を止めた。今のは菜々美だ。

「なんであんなにダサいんだろうね」

「ほんと、やばいよねー」

瑤子が答えている。

え？

なんで？

新しいママが来てから、センスが良くなったね、いいね、って言ってくれてたじゃない……

「あの巾着、見る度、笑っちゃう。ソフトクリームの柄って」

「ないよねー」

え、嘘。

だって、いいなーすごいなー、わたしもこんなの欲しい、どこで買ったのーって……。

「それに、あのお弁当」

「パープルキャットのキャラ弁はありえないよー。色がどぎつすぎ！　でんぶと紫キャベツばっかだったじゃん」

どっと笑いが起きた。

体から血の気が引く。

なんで？

だったら、ちょっと教えてくれればよかったのに、と思った時、瑶子が言った。

「アドバイスしてやりたくても、絶対に本人には言えないもんね」

「そうそう。ちょっとしたことで、親が学校にクレーム入れるんだから。『うちの子に嫌なこと言わないでください！』って絶対どなりこまれるよ」

「モンペなんて、マジ最悪だよね」

「うちらは親がまともでよかったー」

あはははは、と笑い声が遠のいていく。

ひとりになったカオリは、個室の中で震えながら立ち尽くしていた。

ショックで頭が真っ白だった。

パパって、モンペだったんだ。そしてそのことを、みんなの親も知っている。恥ずかしすぎる。

予鈴が鳴ったので、足取りも重く教室へ戻った。菜々美も瑤子もいる。

「あ、カオリちゃん、おはよう」

ふたりが笑いかけてくる。悲しい。悔しい。

「おはよ」

なんとか笑顔を作って自分の机まで行くと、手提げバッグからこっそりお弁当箱を取り出し、再び廊下へ向かった。

「あれ、カオリちゃんどこ行くの？ もうすぐ先生来るよ」

「ちょっとトイレ」

急いでトイレに行き、個室に入って、中のものを全部ぶちまけ、レバーを押した。米や野菜、肉などが流れていく。

その日は、どうやって過ごしたか覚えていない。なんとか一日を終えて家に帰ると、体操服を入れてあった巾着袋をずたずたに切り裂いてやった。そしてそれも、トイレに流した。体操服は、もともと使っていた、古い紺色の巾着に入れ直した。

その夜、夕ご飯を食べる前、ダイニングで宿題をしていると、咲良がやってきた。

「カオリちゃん、洗濯しようと思って体操服を出したんだけど……あの巾着袋はどうしたの？」

ドリルに集中しているふりをして、顔を上げずに答えた。

「あ……」

「どっかいっちゃって」

「体操服はあるのに？　袋だけ？」

「うん……学校で失くしちゃったみたい」

「でも、袋だけが失くなるなんて変じゃない？」

咲良の追及はしつこい。トイレに流してやった、とぶちまけてやりたい気もするけど、我慢した。とにかく物事を大きくしてはいけないし、パパの耳に入れてはいけない――と思っていたのに。

「袋だけが失くなったって、どういうことだ？　あの巾着袋の事か？」

すごい剣幕でパパがやってきた。タイミング悪く、診療が終わって、戻ってきたところだったらしい。

「おい、カオリ。ちゃんとパパに話してごらん」

「大丈夫。何でもないよ、パパ」

「大丈夫なんかじゃないだろう。盗られたんじゃないのか？」

目が血走っていた。きっとこんな風に、先生のことも追い詰めてるんだ。

「パパ、やめてよ。大げさにしないでって」

そもそもはパパのせいなんだよ！　と言ってやりたかった。だけどまた、「カオリが悪い子になったのは友達のせいだ！」とか言って学校に乗り込まれたら困る。

「本当に何もないから」

「良いはずがないだろう。ちゃんと話してごらん。どこで、いつ、どうやって失くしたんだ？　盗られたんじゃないのか？」

「……わからないよ」

「わからないはずないだろう！」

パパがあたしの肩をがっしり持って、前後に揺さぶる。

怖い。

怖いよ、この人……。

「さあ、ちゃんと話すんだ」

「だから、わからないって……」

涙が出た。

もう放っといてほしい。

なんでこんな人がパパなんだろう？

次の朝、朝礼がもうすぐ始まるという時間になっても、松村先生が来なかった。

もしかしたら、朝からパパが学校に来て、クレームを言いまくってるんじゃないの？　想像するだけで気が重くなる。

どうかどうか、パパが来ていませんように。

万が一来ていても、クラスの誰にも見られていませんように……

やっと先生が来て、朝礼が始まった。先生が、ちらっとあたしを見た――ような気がする。

とりあえず普通に朝礼の後、授業に入った。先生も普通の感じだった。ホッとしていると、昼休みに先生に呼ばれた。

「今朝お父様がいらして、体操服の巾着袋、盗まれたっておっしゃるんだけど……それは本当なの？」

やっぱりパパ、来たんだ。心なしか、先生の顔が疲れ切っているように見えた。

「あ……はい、そうです」

こんな状況で、まさか自作自演だなんて言えない。

「失くしたわけではないの？」

「えーっと……」

思わずうつむいた。今ならまだ「勘違いで、もしかしたら自分で失くしちゃったのかも」と言えるかも。逆に、今を逃したら、ずっと嘘で押し切らなくちゃいけなくなる。

やっぱり失くしちゃったんです——

勇気を出して、言うんだ。

「誰がやったか心当たりがあるなら、先生、その子と話してみる。そして、もしカオリちゃんさえ良かったらだけど、おうちに謝りに行ってもらうつもり。そうしたら、お父様も納得して下さると思うし」

「——家に、謝りに？」

あたしはハッと顔を上げる。

「ええ、そうよ」

先生の言葉で、あたしの気持ちは変わった。渉が、家に来てくれる。渉と、学校の外で会える。しかも来美に邪魔されることもなく。

「あのね、うん、本当は、誰が盗ったか知ってるんだ」

つい早口になった。

「そうなの？　誰？」

「渉くん」

「どうしてわかるの？」

先生は驚いたように目を丸くした。

「見えたから。渉くんのランドセルから、ちらっと」

「それなら、どうしてその時に言わなかったの？」

「だって、同じ生地のを持ってるんだと思ったから。でも、そのあと、あたしのが失くなってた」

「そっか……どうして渉くんはそんなことをしたんだと思う？」

「欲しかったんじゃないの？」

「でもあの柄、女の子っぽいよね？」

「それは……」言葉に詰まる。「多分仕返しなんだと思う。この間の」

先生は、ああ、と頷く。

「タオルのこと？」

「うん。あれで、すごく怒ってたみたい」

「うーん、そっか」

先生はしばらく腕組みをして考えていた。

「わかったわ。とにかく渉くんにも話を聞いてみる」

「はい」

あたしはしおらしく言って、頭を下げた。

夕方、学校から帰ってしばらくすると、渉がお母さんとやって来た。

お母さんは、とってもやさしそうで、玄関先で何度もぺこぺこ頭を下げていた。

「わたしの目が行き届きませんで……本当にご迷惑をおかけしました」

渉はその隣に立って、ぶすっとしている。

「俺、やってないってば」

そうだよね。

渉がやってないってこと、あたしが一番よく知ってるもん。

だけど。

「あたし、見たもん」

そう言い張っておく。

「本当に……見たんだもん。タオルの時の仕返しなんでしょ？」

「はぁ？　知らねーよ！　違うっつってんだろ！」

渉がキレると、母親が「ばか、ちゃんと謝りなさい」と頭をはたいた。

パパは腕組みをして、渉を見下ろしながら言う。

「渉くん、正直に言ってくれないかな？　あれは、カオリにとって大事なものなんだよ」

「だって俺、本当にやってないんです」

「じゃあ、どうして失くなったんだ！」

「ちょっと、孝太さん……」

怒るパパを、咲良が小声でたしなめた。

渉は悔しそうにうつむいて唇を噛んでいたけれど、顔を上げると、キッとカオリを睨みつけた。

「とにかく、俺、盗ってないからな」

渉がまっすぐにあたしを見据えた。お前が嘘をついてるんだろう？　と言われているような気がした。

泣こう。

ここで泣けば、被害者でいられる。

一生懸命、昔飼っていた犬が死んでしまったことを思い出す。ぽろぽろと涙をこぼすと、渉と母親はぎょっとした。

「盗んだじゃん……見てたもん」

あたしはしゃくりあげた。ちょっとわざとらしいかなと思ったけど、パパが「可哀そうに、カオリ」と頭を撫でてくれる。

「渉くん、反省するまで、毎日謝りに来てよ」

あたしはそう言うと、ダッシュで階段を駆け上がり、自分の部屋へ行った。

どうやらそのまま眠ってしまったみたいだ。

ふと起きて時計を見ると、十一時を回っている。おしっこをしたくて、部屋から出た。おしっこをしたあと、まだ眠くて、寝ぼけながら廊下を歩いていると、パパの寝室から、ぼそぼそと話し声が聞こえた。カオリちゃんはさあ、と聞こえてきたので、思わず立ち止まる。

「渉くんのこと、好きなんじゃないかなあ」

咲良の声だ。

顔がかっと熱くなった。

「なんだか、渉くんの気を引きたくて、あんな態度をしてる気がする」

バレてた。見抜かれてた。咲良はどうして、役に立たないところで鋭いんだろう。

「そんなはずないだろ」

パパが鼻で笑う。

「だったら、誰が盗んだんだよ？」

「そこはわからないけど……だけど、渉くんじゃない気がするなあ。だって、どうして巾着袋なんて盗むの？ タオルの仕返しだとしたら、もうちょっと他の、ダメージの大きな物を盗むんじゃない？ 教科書とか筆箱とかノートとか――」

「パパぁ」

また昨日みたいに、わざと大きな音を立てて寝室のドアを開けてやった。咲良がぎょっとしている。ざまあみろ。

「どうした？　また怖い夢か？」

「うん、そうなの。わーん、怖かったぁ」

わざと甘えた声で言いながら、二人の間に割り込む。また咲良がいやな顔をした。

「あらあら、カオリちゃん、昨日と今日、続けて？　変ねえ」

冗談っぽく言っているが、本音だろう。だけどあたしは気づかないふりをする。

「あ、ちょっと待っててな。トイレ行ってくるわ」

パパがトイレに立つと、あたしは咲良に言った。

「あたし別に、渉くんのこと好きじゃないし」

「──聞いてたの？」

「あたしのいないところで、そういう話、しないで」

「……ごめんね」

パパがトイレから帰ってきて、ベッドにもぐりこむ。

「あー、やっぱり一緒に寝ると安心できる。これから毎日ここで寝よっかなあ」

そう言ってやると、咲良の顔が引きつっていた。いい気味。

次の日、学校へ行くと、待ってたように来美が近づいてきた。

「カオリちゃん、渉に巾着を盗られたってホント？」

疑っているような、じっとりした視線だった。

「──ホントだよ。どうして？」

「あいつは絶対にそういうことをしないタイプだから」

声が大きい。カオリは慌てて、来美を廊下に連れ出した。

「じゃああたしが嘘をついてるっていうの？」

「ううん、そういうわけじゃないよ。ただ、カオリちゃんが勘違いしてるだけで、どこかに落としたっていう可能性もあるでしょ？　きっと学校を捜せば見つかるんだよ」

来美の目がキラキラしている。良いことをしてる、と自信のある表情だ。

「でも──」

「一緒に捜してあげるから。カオリちゃんだって、見つかれば嬉しいでしょ？」

「──うん」

「じゃあ、給食のあとに捜し始めよう」

「……ありがと」

いやだなあと思いながら一時間目から四時間目を過ごし、給食を食べた。食べ終わると、仕方なくカオリは来美と一緒に校内を捜し始めた。うっとうしいから、とりあえずは捜すふりをすればいい。どうせ見つからないんだし、来美も諦めるはずだ。

気のない返事をしながら、六年生の教室のある四階から見ていく。廊下にあるロッカーに紛れていないか、トイレに落ちていないか、重ねられたバケツの中に挟まっていないか――来美は熱心だ。

予鈴が鳴った。廊下で騒いでいた六年生たちが、ふざけ合いながらも教室に戻っていく。

「来美ちゃん、もういいよ。うちらも戻ろう」

「そうだね」

意外に来美があっさり言ったので、ホッとした。

「じゃあ、続きは放課後ね。放課後なら、理科室とか家庭科室、音楽室の鍵も先生に頼んで開けてもらって、ゆっくり捜せるしね」

「え？ そこまでするの？」

「どうして？ 当たり前じゃない。さ、行こ。授業始まっちゃうよ」

来美は言いながら、階段を下りていく。

「だけど……大変だし」

「いいのいいの。今日見つからなくても、明日もあさってても捜せばいいし」

なんなの、こいつ。

ほんとウザい。

「あのね、ママが新しい巾着作ってくれるから、本当にもういい——」

「よくないよ」

踊り場で立ち止まると、来美がきっぱりと言った。

「だって、渉が犯人にされたままだもん」

あたしもムッとして言い返す。

「本当に渉くんに盗られたんだもん。だから絶対に見つからないよ」

「そう？」

来美が、あたしににじり寄った。

「絶対に見つからないってカオリちゃんが言い切れるのは……自分で隠してるからじゃないの？」

「な……何を言ってんの」

「本当はね、渉から、犯人にされちゃったって相談された時、変だなあって思った。だって、カオリちゃんが渉が盗ったのを見たって言っただけなんでしょ？　カオリちゃんが嘘をついてるんじゃないかなあって」

「う……嘘なんかじゃないもん」

「ねえカオリちゃん、本当のこと言ってよ」

また来美が一歩近づいてきた。

「本当だよ、あたしが言ってることは全部」

見透かすような、来美の視線。それから逃れたくて、あたしは踊り場の窓の外を指さした。

「あ、あれ、あたしの巾着袋かも」

「え？」

来美が窓を開ける。冷たい風が吹き込んできた。

「どこ？」

「ほら、あそこ。真下の花壇あたり」

来美が身を乗り出した。その背中を、思い切り押した。

悲鳴を上げて、来美が落ちていった。スカートの中から、白いパンツが見える。ドスン、と音がした。まだ生徒が残っていた校庭から悲鳴が上がる。

あたしは急いで階段を下りると、校庭へ出た。落ちた来美の周りに、すでに生徒たちが集まり始め、騒いでいる。

「来美ちゃん、どうしたの？」

急いでその輪に加わった。来美ちゃんが落ちた時、あたしもこの辺にいたよ、というアピール。

「来美ちゃん、リボンをつけてない。きっと窓から落としたんだよ。それを取ろうとして落ちたんだ」

走ってきたので上がっている息の合間に言った。

すぐに先生たちが来て、大騒ぎになった。

あたしは、わざと「来美ちゃん……」と大声を上げて泣き、血まみれの来美の体に抱き着いた。

10. 咲良

目の前にそれが掲げられた時、咲良は目を見開いた。

ソフトクリームがプリントされたキルティング生地。それがズタズタに切り裂かれた状態で、からまりあっている。

「こんなものが詰まってたんじゃ、トイレが流れないの当たり前ですよ。しかしこれ、一体なんでしょうかね？」

業者が首をかしげる。トイレが詰まってしまい、慌てて呼んだ水回りの業者だった。

咲良にはもちろんわかっている。

カオリの誕生日プレゼントにと作ってあげた、巾着袋だ。

「うち、小さい子供がいるから、いたずらかも」

咲良は取り繕う。

「ああ、お子さんねえ。よくありますよ。ぬいぐるみ付きのキーホルダーとかもありました。今まで一番難儀したのはなんだと思います？　よく、水につけておくと大きくなる素材でできたおもちゃ、あるでしょ？　動物や恐竜の形とか色々あるんですけど。水につける前の小さいのを流して、排水溝で膨らんじゃって、大変なことになったんです。いやあ、あれはまいりましたねえ」

業者の言葉のほとんどが、咲良の耳に入ってこない。

「お宅も、これからも気をつけておいてくださいね。こんなの流しちゃうなんて、三、四歳くらいかな？」

「二年です。小学校二年」

「え」

業者が言葉を失った。気まずい間があった後、そそくさと帰り支度を始める。

「では、こちらで作業完了ですので。失礼いたします」

料金を支払い、業者が帰ると、咲良はバケツの中に入れられた布のかたまりを見てため息をついた。

どうしてカオリはこんなことを。

それに、盗まれたと言い張って――

そこまで考えて、ハッと思い至る。渉くん。彼が無実であることを、とにかく伝えておかなければならない。

咲良は学校の事務所に電話をし、担任の松村先生を呼び出してもらう。今は昼休みのはずだ。少し待つと、担任が出てきた。

咲良は、巾着袋が家から出てきたこと。どのような状態で、とは言わなかったが、渉が盗ったというのはカオリの単純な勘違いで、見間違いであったこと。故意ではなかったことを強調して伝えた。

――そうでしたか。それは何とも……。

あれだけの剣幕で、孝太に責められたのだ。あきれられても、気分を害されても仕方がない。だから咲良は、わざわざ学校に乗り込んでいくのはイヤだったのに。

孝太の剣幕や物言いは、児童相談所で働いていた時の、保護者からのクレームを思い出させた。同じ公務員だった者として、担任を気の毒に思った。

「本当にご迷惑をおかけして申し訳ございません」

何度も謝ると、松村先生は仕方ない、というようにため息をついた。

――わかりました。渉くんとお母様には、伝えておきます。けれども次回は、きちんと確認していただけるようお願いいたします。

「もちろんです。本当にすみませんでした」

——あの、ところで、お弁当のことなんですが。

「お弁当？」

——ええ。あの、お母様が大変なら、学校で給食を選択することもできるんです。

「……はい？」

——ですから、もしよろしければ、給食という形で、申込書を……。

「ちょ、ちょっと待ってください。何のお話ですか？」

——ですから、お昼ご飯のことです。お母様はお弁当を作ってくれないと、いつも泣いているので。

「——カオリが、ですか？」

——ええ。昨日も今日も持ってきていないので、どうしたの？　と聞いたら、お母様がお忙しいとかで。もしかしたら、給食サービスをご存じないのかと……。

「そんなはずは。お弁当なら、昨日も今日も、ちゃんと作って持たせ——」

咲良がそう言った時だった。

受話器の向こうから、キャーッという悲鳴が聞こえた。いくつも、重なって。一番大きな悲鳴は、松村先生から発せられたようだった。

「あの……大丈夫ですか？」

咲良が問うても、松村は答えない。かなり慌てているようだ。背後から、「来美ちゃんが！」「落ちてきた！」などという混乱気味の声が聞こえる。

「先生？」

――非常事態です。これで失礼します。

震えた声を最後に、電話が切れた。

子機を持ったまま、咲良は動けないでいた。「来美ちゃんが」「落ちてきた」？　職員室は一階にある。二階か三階から落ちてきたということ？

カオリは大丈夫だろうか？

何かあれば、あの場で松村先生が何か言ったはずだから、カオリは無事なのだろう。

来美が大丈夫だといいのだが――

これまで仕事を通して出会ってきた子供たちの姿が重なり、咲良は祈りたい気持ちだった。

来美の葬式は、雨の降る日に行われた。

棺桶の小ささに、咲良は胸が締め付けられた。

隣にいるカオリは、目を真っ赤にして泣きはらしている。

来美は、お気に入りのリボンを窓から落としてしまったため、とっさに手を伸ばして体のバランスを崩し、落ちてしまったらしい。

来美が落下した後、集まってきた生徒たちの中で、真っ先に来美にすがりついたのはカオリであるらしい。救急隊員が来た時、ひきはがすのに苦労したほどだったと聞いている。

この年齢で親友を亡くすなんて可哀そうに。しかもその死を目の当たりにするなんて。さぞかし心に深い傷を負っていることだろう。グリーフケアをしてやらなければ、と思う。

来美が校舎三階から落下し、死亡するという事件があったために、巾着袋や弁当のことを気になりつつも聞きそびれている。葬式でのカオリは、来美のことをろくに知らない咲良ももらい泣きをするほど嘆き悲しんでいた。

葬式の後、来美の両親が、「カオリちゃん、仲良くしてくれてありがとう」と、気丈に挨拶に来た。しかしカオリが泣き崩れると、両親もむせび泣いた。

ひっくひっく、と嗚咽の止まらないカオリを連れて、帰宅する。

「お腹すいてる？　何か食べられる？」

食欲などないかもしれない、と思いつつも聞く。食べたくないと言ったら、無理に勧めず、スープかなにかを作ってやるつもりだった。しかしカオリは家に入ったとたんに泣き止み、ぽいぽいと黒いワンピースを脱ぎすて、シュミーズ姿で「うん、お腹ペコペコ」とソファにごろんと横になる。

「いーっぱい食べたい。トンカツとか、餃子とか……あ、回鍋肉（ホイコーロー）もいいな」

その表情には、さきほどまでの悲嘆さはない。それどころか、晴れ晴れとしているようにさえ見える。

「そうだ、スイーツもある？　コンビニのでもいいけど、何か買っといてくれた？」

「カオリちゃん……？」

「ん？」

「来美ちゃんのこと……ショックだったよね。大丈夫？」

「ああ」カオリの口元がほころんだ。「うん、大丈夫大丈夫」

カオリは横になったまま、コーヒーテーブルに置いてあったコミックに手を伸ばす。

「わたしでよかったら、話を聞くよ？　ぶちまけてくれていいんだよ？」

「本当に大丈夫だから。ねえ、それよりお腹すいたってばあ」

甘えるように、足をバタバタさせる。

この子、あんなに悲しんでいたのに。

それとも子供って、こんなもんなの？

聞きたいが、やはり我が子ではないので遠慮がある。モヤモヤしたまま、キャベツと肉を切って、回鍋肉風の味付けにする。料理が食卓に並ぶと、「おいしそー」とカオリはすぐに食卓につき、ものすごい勢いで食べ始めた。出会って以来、一番の食欲だ。

「おかわり」

あっという間におかずをたいらげ、空の皿を差し出してくる。咲良がよそった皿をテーブルに置くと、すぐにまた箸が伸びてきた。

とても親友だった女の子の葬儀に参加した直後だとは思えない。

まるで……

まるで喜んでいるみたい――

「ねえ」

お茶をいれてやりながら、切り出した。

「みんなが遠巻きにしていた時、カオリちゃんが真っ先に来美ちゃんにすがりついたって聞いたよ。辛かっただろうね」

「んー？　うん、まあね」

咀嚼の合間に、そっけなく応える。

「カオリちゃんは、その時校庭にいたんだよね？　だから真っ先に駆けつけてあげられた」

咲良の問いに、カオリは箸を止め、ふふ、と笑った。

「咲良ちゃんはそう思ってんの？」

「だって……そうなんじゃないの？」

「来美ちゃんが落ちた時、みんなざわざわして取り囲んでるだけだった。だから、あたしが真っ先にすがりついたってことは本当だけど、校庭にいたから真っ先に〝駆けつけた〟っていうのとは、違うかもね」

「……え？」

「本当は来美ちゃんと一緒に三階にいたの……」

咲良は息を呑んだ。

カオリちゃん、あなた……。

ということは。

「なーんてね」

カオリがいたずらっぽく笑う。

「あー、おいしかった。ごちそうさま。お腹がいっぱいになったら眠くなった。お昼寝するね」

カオリは伸びをしながら、軽やかに階段を上がっていった。

その背中を見ながら、咲良は呆然と立ち尽くしていた。

盗まれたと騒いでいた巾着袋が、切り刻まれた状態で、トイレに流されていた。

咲良が弁当を作っているにもかかわらず、作ってもらえないと嘘をついて泣いていた。弁当箱は空になっていたから、きっと学校で捨てていたのだろう。

本当は来美と三階に一緒にいたのに、校庭にいたということにして、慌てて駆けつけたように振る舞っている。

来美の葬式ではあんなに打ちひしがれていたのに、帰宅した途端、何事もなかったような笑顔で、たっぷりと回鍋肉を平らげた……。

これらが意味することは、なんだろう。

カオリは、自分が思っていたような良い子ではないのかもしれない――

「ただいまー」

孝太が帰ってきた。咲良は慌てて立ち上がり、玄関へ迎えに行く。

「カオリは?」

「眠ってる」

「そっか。よっぽど親友の死がこたえたんだな」

「そう……だね」

言いたいことはあったが、その場はとりあえず流し、咲良は夕食を作った。カオリに作ってやったのと同じメニュー、回鍋肉だ。

「わあ、美味そう。いただきます」

孝太が、がつがつ食べ始める。

「ねえ」

「ん？」

「カオリちゃん、お昼にそれを食べたよ。しかも二人前」

「そう」

「ねえ、親友のお葬式の後に、そんなに食べられるものかな」

「成長期だから」

「でも……」

「なんで？　なんかおかしい？」

「普通、親友を亡くしたばかりなら、ご飯も喉を通らないんじゃないかしら」

「そりゃ、そういう子もいるかもしれないけど……だけど普通じゃない？　咲良の手料理が旨すぎるんでしょ」

「でも……なんとなく、来美ちゃんの死を喜んでいるように見えて」

「はあ？」

孝太が荒っぽい声を出す。

「だって、お葬式から帰ってから、ニコニコしてたから」

「そんなはずないだろ」

「本当なの」

「あんまり悲しんでたら咲良が心配するかもっていう、配慮なんじゃないのか？」

「そうは思えない。それにね、巾着袋、どこにあったと思う？　なんと切り刻まれて、トイレから出てきたんだよ。家のトイレだよ。ってことは盗まれたはずないし、カオリちゃんが自分で流したってことになる。どうしてそんな嘘をつくの？　それにお弁当も作ってもらえないって、先生に嘘をついてたんだって。おかしくない？」

ドン！と机の上に、孝太の拳が振り下ろされた。

「おかしいのは……君だろ？」

「――え？」

「母親の言葉とは思えないよ。カオリを嘘つき呼ばわりするなんて」

「だって本当のこと――」

「それでも母親なのか！　しょせん、君にとっては継子だもんな！　あきれたよ」

「ごめん、孝太さん、でも話を聞いて」

「もう十分聞いたよ、カオリの悪口をね。もう食事も結構。食欲失くした」

孝太は箸を食卓にたたきつけると、ドスドスと階段を上っていった。

確かに、無神経なことを言ってしまったかもしれない。

だけど咲良は嘘をついていない。

きちんと話し合ってほしい。

咲良は階段を上る。アトリエから音がするので、そうっと覗いた。

「孝太さ――」

声をかけようとして、咲良は固まる。

ものすごい形相で、まだ柔らかい人形を、ナイフで突き刺していた――何度も何度も。

血走った目。怒りで歪んだ顔。恐ろしかった。

そもそもこのアトリエのことを、咲良は好きになれない。飾り棚に並ぶ粘土の動物や人形は、ものすごく不気味だ。孝太は愛嬌がある、可愛いと思っているようだが、咲良には異形の醜悪なものにしか見えない。

この部屋全体が、孝太の闇の部分を体現しているような気がしてならない。普段優しく、穏やかな孝太の、闇。この部屋には、どろどろとした暗いものが渦巻いている。

あの人形は、いったい誰の人形だろう。

まさか……わたし?

背筋がぞくりとし、咲良はそっとドアを閉めた。

ああ、わたし。

もしかしたら大変な人と結婚しちゃったのかもしれない――

孝太がアトリエから出てきたのは、夜の十時ごろだった。すっきりした顔をし、刺々しさはない。咲良はホッとした。

「ごめんね、孝太さん」

「いや、いいよ」

孝太は笑顔になるが、目は笑っていない。

「咲良は、しょせん他人だもんな。仕方がないよ」

「そんな――」

すっきりした顔をしていたのは、そう納得したからということか。だったら夫婦として、家族としての根本的な解決には至っていない。

「孝太さん、わたしが言っていたのはそういうことじゃない。わたしと孝太さんとで、カオリちゃんの問題を解決――」

「だから！　カオリには問題なんてないって言ってるだろ！　どうして自分の至らなさをカオリのせいにするんだよ！」

こんなふうに怒鳴るなんて、結婚前の孝太からは考えられないことだった。この人、こんな人だったの？

咲良が何も言えないでいると、スマホが音を立てた。咲良のだ。とにかくこの状況から逃れたくて、咲良は電話を取った。

――ごめん咲良。わたし。

　恵美だ。

「どうしたの、こんな夜中に」

――美紀が熱を出して。うちから救急、すごく遠いんだ。それでご主人に診てもらえないかって――

「美紀ちゃんが熱を――」

　熱、という言葉に、孝太が反応した。

「熱？　誰が？」

「友達の赤ちゃんで――」

「貸して」

　孝太は医者の顔になり、電話を代わった。落ち着かせるように、優しい口調で症状を聞き出している。

「わかりました。すぐに診ましょう。タクシーですぐに来てください。寒いので、冷やさないようにしてあげてくださいね」

　電話を切ると、孝太は「クリニックに行って準備しておく」と裏口に向かう。

「いいの？」

「なにが？」

「こんな夜中に」

「だって咲良の友達だろ。それに、聞いたら医者としてほっとけないよ」

それだけ言うと、孝太は慌ただしく出て行った。

そう。

こういう優しいところもある。

悪い人じゃない。

だから大丈夫だ――

咲良は自分に言い聞かせた。


「本当にありがとうございました。熱が四十度近くになったことなかったので、夜中だしパニックになってしまって……助かりました」

クリニックの玄関先で、赤ん坊を抱いた恵美が、深々と頭を下げた。おそらくは風邪による発熱で、座薬で熱を下げると機嫌がよくなり、母乳を欲しがるなどしたので、もう大丈夫だろうという孝太の判断だった。

「いえいえ、とんでもない。大事な咲良のお友達なんですから。何かあったら、いつでも遠慮なくご連絡くださいね」

孝太は愛想よく微笑むと、クリニック裏口から自宅へと戻っていった。

「立派なクリニックねえ」

二人だけになった気安さからか、恵美がクリニック全体を見回す。

「ご主人も優しいし。これぞ、女子の求める理想の生活だよ。よかったね、咲良。本当のシンデレラになったんだね」

理想の生活。

そうだ、これは確かに咲良が望んでいた生活だ。

でも——

「ガラスの靴は、ちょっと窮屈かも」

咲良が言うと、恵美は笑った。

「なーにぜいたく言ってんの。院長夫人なんて、羨ましいよ」

「でもね……」

恵美にぶっちゃけてしまおうと思った時、美紀がぐずり始めた。

「あーごめんごめん、おうち帰ろうね。じゃあね咲良、本当にありがとう。またラインする」

美紀をあやしながら、あたふたと恵美が帰ったと同時に、スマホが鳴った。妹からだった。

「千夏？　どうしたの？」

「ねえ、今孝太ちゃんいる？」

「ううん、いないけど」

「あのさあ……すっごい言いにくいんだけど……あの人、なんか怖い」

「え？」

「勉強を教えてくれるのはいいんだけどさ、すごい殺気立ってんの。ちょっとできないと『なんべん言えばわかるんだ⁉』って大きな声出すし、あたしが『R大学行きたい』って言ったら『あんな馬鹿大学』ってけなすし。別に一流大学に行きたいわけじゃないのに。いつもあたし、ビクビクしてんの」

威圧的な孝太の表情や口調が想像できる。まさか妹にもそんな風に接していたのかと、咲良は胃が痛くなった。つまり、これが孝太の素なのだ。これまで、たまたま機嫌が悪かったわけではなく、攻撃的で、時には陰湿なのが孝太なのだ。結婚前には、それが見えていなかっただけ……。

「お姉ちゃん、聞いてる？」

「う、うん」

「今もさあ、ああ明日、孝太ちゃんが来る日だって思ったら眠れなくなって——もうあの人に勉強を教えてもらうの、耐えられない。もう家庭教師しなくていいって、お姉ちゃんから断っておいてくれない？」

「……わかった」

「あのさあ、お姉ちゃん……聞いていいかなあ」

一瞬の逡巡の後、千夏が思い切ったように言った。

「お姉ちゃんは大丈夫なの？　キツイこと言われたりしてない？」

千夏には心配をかけられない。

千夏の耳に入れれば、父の知るところにもなる。父の就職先や、祖父の病院に関して世話になったことは確かなのだ。

「わたしは大丈夫だよ。孝太さんは、優しくしてくれる。大丈夫、大丈夫」

咲良は何度も自分に言い聞かせた。


色々な出来事が一度に起こったせいで、その夜は悶々と過ごしたが、朝には気持ちを切り替えることに決めた。ごく普通に孝太に接し、カオリの編み込みのリクエストにもこたえてやる。

しかし弁当を作っていた時、ふと試したいという気持ちが湧いた。おにぎりの中にマグネットやゼムクリップなど、食べられないものを仕込んでおく。

夕方、学校から帰ってきたカオリに「お弁当、おいしかった？」と聞いてみた。

「うん、おいしかったよ」

カオリがこたえ、自室へとさっさとあがっていく。

これで間違いない。

カオリは一口も食べていないのだ。開けたらそのまま、捨てている……

孝太といいカオリといい、彼らにとって、咲良はいったい何なのだろう。

以前は確かに、孝太に愛されているという自信と実感があった。カオリだって、ママになってほしいと言ってくれていたし、入籍を急かしてくれたくらいなのに。

孝太やカオリと、初めて出掛けたことを思い出す。カオリの眼帯に絵を描いてやって、美味しいお肉を食べて――

そうだ。あの時のメニューを作ってみたらどうだろう。もしかしたら楽しかった時間を思い出してくれるかもしれない。そうしよう。今日の夕飯は肉で決まりだ。

そう決めたことで少し気持ちが上向きになったが、再びため息をつく。孝太が刺したり切ったりしていた人形のことが気になっていた。

アトリエに行って確かめてみよう――

階段を上り、カオリにも見つからないよう、そうっと孝太のアトリエに滑り込む。入らないで、と強く言われているが、孝太がナイフを突き刺していた人形がどうしても気になっていた。

あれが自分ではありませんように。

そう祈りつつ、カーテンが閉じられて薄暗いアトリエの中を進む。

しかし広い作業台の上を見て、咲良は目を見張った。首を切り落とされ、腹を裂かれた粘土の人形は、髪型といい、ほくろの位置といい、咲良をかたどったものに間違いなかった。しかも、ひとつではない。何体もあり、すべて破壊されている。

「そんな……」

頭が真っ白になる。

見てはいけないものを見てしまった。ふらつく足でアトリエを出ようとして、手が何かに引っかかる。孝太とカオリの人形が落ちて、すごい音を立てて割れてしまった。とても上手に焼きあがったんだ、と孝太が喜んで見せてくれたものだ。

どうしよう。

「こーわしたーこーわしたー　いーけないんだーいけないんだー」

歌声が聞こえ、振り向くとカオリが立っていた。

ぎくりとする。その意地悪く嬉々とした表情が、孝太そっくりに見えた。

「カオリちゃん、このことは内緒にして」

「えー、パパを騙すつもり？　最低だね」

「そうじゃない。ちゃんと時期を見て話すから。平日は仕事の後で疲れてるだろうし、

「それまで黙ってろって？　ひっどぉーい」

カオリはものすごく意地悪な笑顔を浮かべていた。咲良の失態が嬉しくて仕方ないのだ。

「……カオリちゃんのほうが、ひどいじゃない」

思わず言ってしまう。

「はぁ？」

「巾着袋……盗られてなんてないじゃない。自分で破って、トイレに流したんでしょ」

カオリの顔色が変わった。

「それに、お弁当を作ってもらえないって先生に言ってるって、どういうこと？　わたし、ちゃんと毎日作ってるよね？　食べないで捨ててるんでしょ？　ねえ、どうしてそんなことするの？」

少しの間、カオリは目を泳がせていたが、すぐにまた馬鹿にしたような笑みを浮かべた。

「……いや、もともとは咲良ちゃんのせいでしょ」

ふんと鼻で笑う。

「巾着、咲良ちゃんが勝手に作ったんじゃん。あたし頼んでないし。最初っから嬉しくなかったし。あんな、だっさいの」

「……え？　だって可愛いって……」

「空気を読んだだけですー」

生意気な口調で、口をとがらせる。

「それにお弁当、いやいや、あんなまっずいの、食べられないっつーの。見た目も不細工だしさー。キャラ弁じゃないじゃん、ただのぐちゃぐちゃ弁当じゃん。友達に見せられるわけないじゃん？　馬鹿にされるもん。恥ずかしすぎて、そっこー捨ててた」

「……じゃあ、どうして言ってくれなかったの」

悔しくて情けなくて、語尾が震える。

「いい気味って思ったから。恥ずかしい弁当を、捨てられるとも知らないで一生懸命作ってってさ」

自分でも気がつかないうちに、勝手に手が動いて、カオリの頬をひっぱたいていた。

「うわあああああん」

カオリの泣き声で、我に返る。

「ごめんね、ごめんね、カオリちゃん」

「ひどいよ。うわあああん、痛い」

「本当にごめん」

「ひどいよ。咲良ちゃん、やっぱりあたしが嫌いなんだ」

「え?」

「あたしのことが可愛くないんでしょ。邪魔なんでしょ!」

「違うの。全然そんなことないよ」

カオリは泣いていたかと思うと、格好の責めるネタを得たとばかりに、再び嬉々として咲良を攻撃し始めた。

「だけど、叩いたのは事実でしょ。パパは絶対に咲良ちゃんがあたしを邪魔にしてると思うよ」

「そんな」

「パパに言ったらどうなるかなあ」

カオリが思わせぶりに咲良に視線を流す。

「ねえカオリちゃん」

咲良はできるだけ、優しげな声を出した。

「本当にごめんね。叩いちゃったのはわたしが悪いよね。それは謝る。だけど、巾着袋のこととか、お弁当のことは、やっぱりカオリちゃんが悪いんじゃないかなあ。それこそパパが聞いたら、どう思うだろう」

脅すつもりなどなかった。咲良はただ必死だった。けれどもカオリは、ものすごい目で咲良を睨みつける。

「あ、大丈夫だよ、カオリちゃんのことパパには言わないからね。だけどその代わり……って言ったら変なんだけど、人形を割っちゃったことと、カオリちゃんを叩いちゃったことは、今は秘密にしててほしいの。いずれちゃんとわたしから話す。だけど、慎重にタイミングを選びたいんだ。いいかな？」

カオリは不貞腐れたように口をつぐんでいる。

「カオリちゃんのこと大好きだよ。パパと三人で、仲良くやっていきたいの。だからお願い」

咲良が手を合わせるのを、カオリはむすっとしたまま眺めた後、

「ふーん、まあ、いいよ」

と言いながら、ぷいっとアトリエを出て行った。

11. 孝太

最後の患者を見送ったあと、孝太は白衣の下のネクタイを緩めた。

いつもなら、さっさと自宅に戻るが、今はそんな気分にならなかった。咲良と顔を合わせると思うだけで憂鬱になる。再婚以来、こんなことは初めてだった。

スタッフたちが「お先に失礼します」と帰ったあとも、意味もなくカルテを見たりして、ぐずぐず時間を潰していた。

母親としての咲良に、少しずつ不安を感じていたが、決定的だったのは、昨日カオリを悪い子呼ばわりしたことだ。手が出そうになるくらい腹が立ったが、必死で抑え、自分の陶芸にぶつけた。何度も何度もぶつけるうち、なんとか落ち着いて、咲良と顔を合わせることができた。

だからといって、不安は消えない。

やはり再婚は失敗だったのだろうか。

この再婚はカオリの為でもあった。いや、カオリの為である部分が大きかった。もちろん自分も咲良に惹かれたが、カオリと合わないと感じたら、結婚は考えなかったと断言できる。自分にとっては、やはりこの世で最も大切なのは、カオリなのだ。

そのカオリが、咲良を気に入った。ママになってほしいと言った。それが決定打となった結婚だった。

それなのに——

孝太はため息をつく。

咲良がカオリを大切にしてくれないと、意味がないじゃないか。

だけど、と思いなおす。

今の孝太には、咲良のように上手に髪の毛の編み込みをしてやったり、キャラ弁を作ってやったりすることは不可能だ。あとは掃除に洗濯、毎日の買い物や食事の支度。明らかにメリットはある。

カオリに害がないのなら、とりあえずは良しとするしかないか……。

割り切ることを決め、やっとカルテを仕舞い、白衣を脱ぎ、自宅へ戻った。

玄関を入ると、いい匂いがしてくる。

「おかえりなさーい。今夜はお肉よ。ごめんなさい、手が離せなくて」

キッチンから咲良の声が聞こえてくる。

うんうん、そうだよ、これでいいんだ。

繭香が亡くなって以来、診療が終わってから急いで夕食を作ってやっていた。どうしても遅くなるから、カオリには可哀そうなことをしてしまった。だけど今では、ちゃんとした時間にちゃんとした料理が提供される。

それだけで、十分じゃないか。

「僕もなんか手伝おうか？」

靴を脱ぎながら言う。

「ううん、大丈夫ー」

「了解。じゃあ着替えてくる」

階段を上がると、部屋の前でカオリが待っていた。

「ただいま」

「……おかえり」

カオリは暗い顔をしている。無理もない。この年で、親友の女の子が亡くなってしまったんだから。カオリは繊細な子だから、トラウマになっていなければいいが。

「大丈夫か？」

カオリが首を横に振り、孝太の腕をつかみ、アトリエに引っ張っていった。

「カオリ、ここには入っちゃダメだって言ってるだろ」

「いいから来て」

カオリは部屋に入ると、作業台の前で立ち止まった。

「なに？」

「いいから、見て」

リモコンで電気をつけると、作業台の下で、孝太とカオリの人形が割れていた。これまで色々と焼いた陶器の中で、最高の出来だったのに。

「カオリが落としたのか？」

「まさか。ママだよ」

「咲良が？　咲良、この部屋に入ってたの？」

「うん」

イラっとする。あれほど入るなと言っておいたアトリエに入っていたことにも、人形を壊しておいて、さっき何も言わなかったことにも。

また咲良に似た人形を粘土で作って、ガシガシ刺して切り刻んでやりたい衝動に駆られる。が、さすがにカオリの前でやるわけにはいかない。夜中にでも発散しよう。とりあえず今は、何度か深呼吸をして気持ちを収める。

「そっか……うん、まあしょうがないよ」

「怒らないの？」

「ママだって、わざとやったんじゃないからね」

カオリは何か言いたそうに、じっと見上げていた。

「まだ何かあるのか？」

「ママに引っぱたかれた」

「なんだって？　どこを」

「ここ」

カオリが右の頬を指さした。こんなに柔らかくて、可愛らしい頬を引っぱたくなんて！

「なにがあったんだ？」

「人形を壊したことを黙っといてって頼まれたから、嫌だって言ったの。そしたら、十回くらい叩かれたんだよ」

「なんだって⁉」

心の中で、怒りが狂ったように暴れだす。

なんだよ。

なんなんだよ、あの女！

孝太はアトリエを飛び出し、キッチンへ駆けこんだ。

「あ、もう少しでできるよ。ちょっと待ってねー。あ、ドレッシングどれがいい？」

咲良はテーブルにのんびりとサラダを並べていた。こういう呑気さが余計に癇に障る。

この鈍感さで、繊細なカオリを傷つけるのだ。しかも、手まで上げるなんて。

「おい」

肩を摑むと、驚いたように孝太を見た。

「カオリを引っぱたいたって？」

「あ……」

咲良の視線が泳ぐ。

「いい加減にしろよ。俺の娘に、大事な大事な、世界一大切な娘に、なんてことしてくれんだ⁉」

「ご……ごめんなさい」

咲良は顔色を失っている。

「やっぱりカオリは他人なんだな。だから愛情がないんだな」

「そんなこと……あ、ちょっと待って、お肉が」

フライパンの上の肉が、黒くなりかけている。今この状況で、肉なんかを気にする咲良に、余計に腹が立った。

「こんな時に肉かよ。お前は食べることしか頭にないのか。まるで豚だな」

「そうじゃな……」

「期待した僕が馬鹿だったよ。お前みたいな女に」

孝太は、指で玄関をさす。

「出て行けよ」

「――え？」

「出て行け。お前なんか、この家にいる資格なんかない。さあ、とっとと今すぐ！」

咲良の目に涙があふれ、しゃくりあげる。

「でも……でも、わたしだって精いっぱい……だってカオリちゃんが」

「これ以上カオリを悪く言うな！　出て行けって言ってるだろ！」

天井の高いキッチンに、孝太の怒声がわあん、と響き渡る。咲良は震え、怯え切っていた。

咲良はひっくひっくと泣きじゃくりながら、ハンドバッグを手に取った。一瞬、すがるように孝太を見たが、

「荷物は、後で送るから」

と言うと、諦めたように頷いた。

咲良がドアから出て、その姿が視界から消えると、胸がスーッと軽くなった。

知らない間に、咲良の存在がこれほどまでにストレスになっていたとは。夫である孝太でさえそうなのだから、カオリにはさらに負担を強いていたに違いない。

背後で物音がして振り向くと、カオリが立っていた。

「カオリ、もう大丈夫だよ」

孝太はカオリに満面の笑みを向ける。しかしカオリは、真っ青な顔をして震えていた。

12. カオリ

なんで？

なんで？

泣きながらバッグを持って出て行っちゃった。パパがここまで怒るなんて思わなかっ

た。ちょっぴり咲良のことを、嫌いになってくれればいいと思っただけなのに。

本当はわかってた。

悪いのはあたし。

巾着袋を捨てたり、お弁当を捨てたり。

いろんな嘘をついたり。

だけどパパが、まさか咲良を追い出すなんて思わなかった。

「ママ！」

咲良が出て行ったあと、あたしが玄関から出て行くと、パパは驚いていた。

「カオリ、追いかけなくていい」

そう言っていたけど、あたしは無視して、外に飛び出た。

「ママ！　ごめんなさい！」

泣きながら歩いていたママに、後ろから抱きつく。

「本当にごめん。あたしのわがままだった。嘘もついてた。引っぱたかれたこと、パパにすごい大げさに言っちゃった。あたしが悪いの。だから帰ってきて。見捨てないで」

「カオリちゃん……」

潤んだ目で、咲良があたしを見た。

「ごめんね、カオリちゃん。もう、無理だと思う」

咲良が、しゃがんであたしを抱きしめる。

「無理って……そんなこと言わないで」

「ばいばい」

「お願い、行かないで！」

咲良はあたしから手を離すと、振り切るように走っていってしまった。

「ママ……」

あたしはボロボロ泣いた。

あたし、馬鹿だった。

パパと咲良が結婚してから、咲良が頑張ってくれてるの、わかってた。あたしだって、けっこう楽しかったし。

だけど、やっぱり悔しかった。本当のママは死んじゃったのに、パパがいつもニコニコしてることとか。ママがいたお家に、もう二度とママが戻れないお家に、咲良が普通にいることとか。

だから、あたしはこの暮らしを楽しんじゃいけないって思った。咲良を好きになっちゃいけないって。だって、そんなの、ママへの裏切りだ。

だから、わざと咲良に意地悪してきた。意地を張ってきた。

好きになりたい。

だけどなりたくない。

そんな感情がごちゃ混ぜになってた。

なのに、こんなことになっちゃうなんて。

馬鹿、馬鹿。

あたしって、本当に馬鹿だ。

「ママ、戻ってきてー！」

あたしは叫びながら、どんどん小さくなっていく咲良の背中を追いかけた。

「お願い、また家族三人に戻りたい。今度は良い子になるから！」

あたしは走る。精いっぱい走る。だけど子供の足では、なかなか追いつけない。

「あっ！」

足がもつれて、転んだ。両手をすりむいた。血が出ている。

「痛い、痛いよぉ」

あたしの涙声が、夜の住宅街に響く。咲良にも、絶対に聞こえているはずだ。

「痛いよぉ、ねえ咲良ちゃん、痛い」

だけど咲良は、振り向くことも立ち止まることもなく、夜の中に消えて行った。

13. 咲良

ついに、出てきてしまった。

駅への道を急ぎながら、咲良はバッグを抱きしめて、声を殺して泣いていた。

カオリの言葉が、耳に残っている。

ママ！　ごめんなさい！

戻ってきてー！。

良い子になるから！

それら全て、昔の自分が出て行く母に、すがりつきながら言ったものと同じだ。十八年前の自分と重なる。咲良には、カオリの気持ちが痛いほど理解できた。

良い妻であろう、良い母であろうと頑張ってきたつもりだ。

けれどもそのことに必死すぎて、広い目で家族のことを見ていなかった気がする。

カオリの問題とも思える行動ひとつひとつは、こうして離れて思い返してみれば、寂しさや甘えからだったと、今ならわかる。

どうして話してみようとしなかったのか。どうしてそっと見守ってやることができなかったのか。悪い子だと決めつけて、そのように接してしまったことが悔やまれる。もしも自分が子供で、そのような扱いをされたら、反抗するに決まってる。

相手は、ほんの八歳の子供なのだ。わざと悪ぶって、いきがって、反発していただけ。

咲良は、それにいちいち、過剰に反応しすぎていた。

来美の事件のことだってそうだ。さも自分が関わっているかのように言ってみることで、咲良の気を引いていただけ。もっと信じてあげるべきだったのに、孝太にも告げ口みたいなことをして。

涙で濡れた頬が、凍りつくほど冷たい。

住宅街を抜け、少し広い通りで赤信号に立ち止まった。この時間、ほとんど車は行き交っていない。

とりあえずは実家に帰るつもりだった。だけど青信号になっても、なんとなく歩き出す気になれない。再び赤になり、青になるのを、何度か見送った。

なにやってるんだろ。

ぐずぐずしてたって仕方がないのに。

また青になったので、今度こそ、と一歩を踏み出した。足取りは重く、ふらふらと横断歩道を渡る。

あ、と思った時、足がもつれた。冷たいアスファルトの上に、うつぶせで倒れ込む。

横断歩道の青信号が点滅し、赤になった。早く立ち上がらなくちゃ。立ち上がって、渡りきるんだ。それで駅まで行って電車に乗って、実家に戻って、それで——

それで？

それからどうなる？

もう、わたしには何もない。夫も、子供もいなくなるし、仕事もないし。また、父や妹の世話に明け暮れる人生に戻るの……？

ああ、いやだ。

なんかもう、何もかもがいやだ。

こんな人生、ここで終わらせてしまえばいいんじゃない？

そうだ、そうしよう。

このままここで寝っ転がっていれば、次に来る車がひき殺してくれるだろう。今日は黒っぽい服を着ているし、車からは見えにくいに違いない。

そういえば孝太と出会った時も路上だった。

あの夜、孝太もこんな気持ちだったのかもしれない。奥さんを不倫の末の交通事故で亡くし、毎日孤独と闘いながら、一人娘と向き合って。いっぱいいっぱいで、あふれそうで、いっそのことすべてを終えるほうがいい——きっとそんな気持ちだったんだろう。

ああ、そうだ、思い出した。

そんな彼だから、好きになったんだ。

年上なのに、なんだか守ってあげたくて。幸せにしてあげたくて。

それなのに、わたし、自分が幸せになることしか考えていなかった。シンデレラみたいに、一晩で完璧に幸せになれるはずがないのに。幸せは、家族みんなで、少しずつ、積み上げていくものなのに。

あげくの果てに、こんなふうに突然家を出て。カオリは止めてくれたのに。謝ってくれたのに。

最低だ、わたし。孝太さんにもカオリちゃんにも、ひどいことをした。

わたしなんて、やっぱりこの世から消えちゃった方がいいんだ。わたしが消えちゃったら……孝太さんもカオリちゃんも、少しは悲しんでくれるだろうか？　泣いてくれるだろうか？

遠くの方から、エンジンの音が近づいてきた。いよいよだ、と思わず身構える——と、ものすごい力で体を引っ張られた。

「ママ！」

目を開けると、地面から見上げた視界にカオリの泣き顔があった。ゆっくり上体を起こして見渡すと、歩道の上だった。

「ママ、ママ、本当にごめんなさい」

カオリが、地面に座ったままの咲良の胸に顔をうずめる。空いた視界に、今度は孝太が入ってきた。

「ごめんな。言い過ぎた。僕、最低だ」

「孝太さん……」

「こんなに咲良は頑張ってきてくれたのに。僕だって完璧じゃなかったくせに、何かあると、全てを咲良のせいにして」

孝太の目が潤んでいる。それを見ていたら、思わず咲良も泣けてきた。

「そんな……わたしこそ。もっともっと、努力するべきだったのに」

「ううん、ママは色んなことしてくれてたよ！」

カオリが、さらに強く抱きしめてくる。

「そうだ。十分やってきてくれた。僕がそれを認めてあげなかったから、咲良を追い詰めてしまったんだ。咲良は少しも悪くないよ」

孝太が、アスファルトの上に正座し、頭を下げた。

「お願いです。どうか帰ってきてください」

「やだ、孝太さん、やめてよ」

それでも孝太は顔を上げない。

「もう一度、今度こそ、家族三人でやり直したいです。お願いします！」

「ママ、お願いします！」

孝太のまねをして、カオリがちょこんと正座し、頭を下げた。

「やだもう、二人とも……」

愛しくて、可笑しくて、幸せな涙がこみあげてきた。

「わたしこそ、お願いします」

咲良も正座をし、頭を下げる。驚いた孝太とカオリが「え！」と顔を上げた。土下座をしながら顔だけを上げた中途半端な姿勢のまま、三人で見つめ合う。

最初に、カオリが噴き出した。それから孝太。そして咲良。三人で大笑いしながら、いつの間にかしっかりと手をつなぎ合っていた。

「さあ、帰ろっか」

咲良がスカートをはたいて立ち上がると、

「うん！」

「帰ろう、帰ろう」

と二人も弾むように立ち上がった。

家に帰ると、なんだかホッとした。

実家にいた時よりも、この家の方が心地よく感じる。

そう、こここそが我が家なのだ。

そして孝太とカオリは、わたしの家族。

「寒かっただろう？　お風呂、いれるよ」

帰ると早速、孝太がいそいそと風呂場を洗い、湯を張ってくれた。

カオリが一緒に入ると言い張り、二人で湯船につかる。

湯船の中でも、カオリはべったりと甘えてきた。きっと最初から、こんな風にしたかったのだろう。だけどできなかったのだ。それがフラストレーションとなって、色々な形で噴出していたのだ。もっと早く、咲良も自分からこうしてやっていたらと思う。

手遊びをしたり歌を歌ったりし、のぼせるまで遊んだ。湯上がりには、孝太がホットココアをいれてくれる。ごく自然に、カオリが膝の上に乗ってきた。咲良は後ろからカオリを片手で抱きしめ、もう片方の手でココアを飲んだ。

「あ、いいなあ、その構図」

孝太が目を輝かせる。

「すっごくいい感じ。そういう人形、作りたいな」

「えー、パパ、作って作って。今すぐ。見たい」

「でもカオリちゃん、パパのアトリエにはわたしたちは入れないんだから――」

「いや、いいよ」

孝太が言う。

「二人とも、アトリエにおいで。作るところ、見ていてよ」

思わずカオリと顔を見合わせる。

「やったね！」

「じゃあ早速、行きましょ」

三人で、競争しながら階段を上る。真っ先についたのはカオリだった。

「早く、早く！」

カオリに急かされるようにして、孝太と咲良も入る。咲良が壊してしまったものは、きれいに片づけられていた。が、孝太が切り刻んでいた粘土の人形は、作業台の上にそのままごろごろと転がっている。

これ、どうするんだろう……。

一瞬、咲良は気まずいような気持ちになる。

けれども孝太は新しい粘土のかたまりを取ると、ごく当たり前のように刻まれた粘土を混ぜ、叩いて、伸ばして、なじませていく。

ああ、そうか。

これでいいんだ。

過去のわだかまりとか、怒りとか、そういうものもひっくるめて、家族になっていくんだ。

全てのことが、なんだかすっきりと腑に落ちた。

黙々と手を動かす孝太を、咲良もカオリも、じっと見つめている。それはまるで、新しい家族を生み出すための、神妙な儀式のようだった。

どれくらい時間がたっただろう。

作業台の上には、椅子に座る咲良と、その膝に乗るカオリ、そして傍らに立って見守る孝太がいた。

「どうかな？」

孝太が照れくさそうに言う。

「わぁ……いいよ、パパ」

カオリが言った。

「うん。とってもいい。なんだか温かい感じがする」

新しくできた三体の人形を、咲良は感激して眺める。

今度こそ、あらたに、本当の家族が誕生したのだ。

これからが、咲良自身のシンデレラストーリーの始まりなのだと。

14. 孝太

翌朝は、再出発にふさわしい快晴だった。

咲良の作ってくれた美味しい朝食を食べ、元気よくランドセルを背負って登校するカオリを二人で見送る。カオリの手には、ソフトクリーム柄の巾着袋が揺れていた。おや？　と思い、隣で手を振る咲良を見る。咲良は片目をつぶった。そうか、また新しく作ってくれたのか。

昨夜、咲良が家を出て行った時、孝太は心からこれで良かったと思った。自分は娘を守ったのだと。それなのに、カオリが泣きながら咲良の後を追い、家を飛び出したので驚いた。

だけど孝太は一緒に行かなかった。カオリはちょっとショックを受けただけだ。すぐに戻って来るだろうと。

案の定、カオリは数分後に戻ってきた。けれども激しく泣いている。

「パパ、ごめんなさい。あたし、嘘ついてた」

泣きじゃくりながらカオリは語ってくれた。巾着袋を本当は自分で切り刻んで、トイレに流したこと。毎日弁当を捨てて、担任には「新しい母親に弁当を作ってもらえなねえお願い」と嘘をついていたこと。

驚いた。そんなこと、想像もしていなかった。咲良はさぞかし傷ついたことだろう。

「お願い、パパ、咲良ちゃんを追いかけよう。きっと駅に向かってるんだと思う。ねえお願い」

それから急いで、二人で咲良を追いかけたのだった。

咲良は道路に倒れていた。危うく車にひかれそうになったところを、慌てて助けた。その途端、自分がひかれそうになったところを咲良に助けてもらったことがフラッシュバックした。

そうだ。きっと自分たちは、出会うべくして出会ったんだ。初めて出会った時は、咲良が孝太を助けてくれた。今回は、孝太が咲良を助けた。どちらも同じようなシチュエーションで。きっとこういうのを、縁があるというんだ。

もう一度やり直すことにしてよかった、と、今、あらためてしみじみ思う。今度こそ、本当に家族になれた気がする。

不満もあった。不安もあった。だからケンカした。ぶつかり合った。だけど、それこそが「家族」というものではないか？　遠慮なく言いたいことを言い、思い切り衝突するものだ。これまで遠慮していたかりそめの家族から、本当の家族へと生まれ変わったと言えるのかもしれない。

カオリの姿が見えなくなるまで見送ると、咲良はキッチンへ、孝太はアトリエへと向かった。出勤前に、昨夜作った人形の焼きあがりを見たかった。

電気式の窯から取りだした人形は、土のやさしい色合いと、温かみのある手触りをしていた。大成功だ。三体の人形をそうっと手に取り、テーブルに並べる。しみじみと眺め、悦に入っていた。

階下で、玄関ドアが思い切り開いた音がした。何事かと急いで下りていくと、先にかけつけていた咲良が悲鳴をあげた。

「カオリちゃん！」

玄関に立っていたのはカオリだった。

全身泥だらけで、靴は片方しか履いていない。

「どうしたの!? 何があったの？」

咲良が血相を変えて、カオリに駆け寄る。

「突き飛ばされたの……」

カオリが泣きじゃくる。

「いったい誰に？」

孝太も駆け寄って聞いた。

「同じクラスの子……」

「同じクラスの誰だ!」

「わかんない。だって一人じゃない。何人もだから」

「何人もって……なんでなんだ?」

「わかんない、わかんない、わかんない」

カオリはぼろぼろ泣きながら、首を横に振る。孝太は持って行き場のない怒りに、頭が真っ白になり、体がわなわなと震えた。その時、咲良が、

「今すぐに学校へ行きましょう」

と冷静に言った。

孝太は、ハッと現実感を取り戻す。

「そうだな、すぐに学校へ行こう」

咲良は家の中に戻ってエプロンを外し、身支度して戻ってきた。

「カオリちゃんは家にいなさい。今、お風呂のスイッチいれたからね。新しい部屋着も出しておいたわ」

てきぱきと行動してくれる咲良が頼もしい。こんな時なのに、孝太は「ああ、これでこそ母親だ」とじーんとした。

孝太が咲良と学校へ乗り込むと、校長や担任の松村は、明らかに迷惑そうな顔をした。

「今日は全校朝礼がありましてね。校長はスピーチの用意がありますし、我々も準備が――」

「では朝礼の後までお待ちします」

「いやしかし、その、職員も全員参加しますので――」

「ええ、ですからお待ちしています」

咲良は食い下がる。が、担任は譲らない。

「突然いらしていただいても、対応いたしかねます。通常は必ずアポイントを取っていただくところを、これまでは泉澤先生には提携校医をしていただいていることもあり、当方では可能な限り柔軟に対応してきたつもりです。ですが朝一番というのは、一番忙しいのです。ですから申し訳ございませんが、一旦はお引き取り願います」

きっぱりと担任が言った。

「では、お時間ができましたら、必ずお電話いただけますね？　わたしどもは、すぐにまいりますので」

「わかりました」

「朝礼の後ですよ？　できるかぎり、すぐ」

「善処します」

「わかりました。では一旦、帰宅し、待機しておきます」

　孝太と咲良との話が済むと、慌ただしく教員たちが一斉に講堂へと走っていった。一番忙しい、というのはおおげさではないのだろう、とぼんやり孝太は思う。

　生徒も職員もいない校舎というのは、しんとしている。孝太と咲良のスリッパの音だけが、ぺたぺたと廊下に響いた。

「あれ、どこに行くの？」

　校舎から出るのかと思いきや、咲良は小会議室へ入っていく。

「ここで待機してよう。この調子じゃ、きっと朝礼が終わってものらりくらりして連絡なんてくれないわ」

「咲良……」

　思わずふっと微笑んでしまう。なんとたくましい。

「わかった。ここで待とう」

　小会議室の椅子に座って待つ。二十分ほどすると、静かだった校内ががやがやしてきた。話し声や、足音。ひと気が戻る。

「終わったみたいだね」

「松村先生は、これからすぐに授業だけど、校長先生がちゃんと連絡をくれるかどうか」

　しばらく笑い声などでにぎやかだったのが、チャイムが鳴ると、再び校内がしんとなった。授業が始まったのだろう。

「さあ、どれくらいで連絡が来るかしら。それで誠実度がわかるってものよ」

咲良が腕時計を確認する。その口調としぐさには、どことなく貫禄さえ感じた。

「すごいな、咲良は。肝っ玉母さんって感じだ」

「やあねえ、孝太さんたら」

咲良は少し照れたようにはにかんだ。

じりじりと待つ。時計の針がゆっくり進んでいくような気がする。小会議室の中を歩き回ったり、座ったり、立ったり、窓の外を眺めたり、などを繰り返しているうちに、再びチャイムが鳴った。咲良と顔を見合わせる。

「結局、朝礼が終わっても、一時間目が終わっても、連絡は来なかったわね」

咲良が言った。

二時間目の始まるチャイムが鳴る。二人で無言で待ち続けた。

「やっぱり連絡が来ないわね」

咲良がしびれを切らしたように、テーブルをコツコツと指で叩いた。

「誠意が感じられないわ」

「確かにそうだな。そろそろここを出て、また職員室に突撃してみるか」

「いいえ。ここまでなめられたんなら、正攻法で行ってもしょうがないわ。わたし、良い考えがあるの」

　咲良が意味深な微笑を浮かべた。


『南小学校の皆さん。わたしたちは、二年一組、泉澤カオリの両親です。

今日、娘は登校の途中で、あなたたちの仲間数名に、突き飛ばされ、ぬかるみに落ち、泥だらけになって、泣いて帰ってきました。靴も片方、失くなっていました。ランドセルも、その中に合った教科書も、持ち物も、全てどろどろです。

なぜこんなことになったかを知りたいと、わたしどもは、今朝、学校へ参りました。話し合いの場を持ちたいと校長先生にお願いした所、朝礼後に必ず連絡をするので待っていてほしいと言われたのでそうしておりましたが、一向に約束が果たされる様子はありません。

わたしどもは校長先生の対応に不信感を持ち、今日このように、放送室を借りて、みなさまにこのことをお伝えしようと決意いたしました――』

　放送室の外に慌てた足音がいくつも近づいてくる。続いて、ドアノブががちゃがちゃ鳴り、どんどんとドアを叩かれた。

「ちょ、ちょっと、泉澤さん！　開けてください！」

　ドアの向こうから、校長の上ずった声が聞こえる。

おい、鍵！　マスターキーを持ってこい！という怒声や、各教室に行ってスピーカーのスイッチを切れ！という慌てふためいた声。

　それでも咲良は涼しい顔をして、『もう一度申し上げます。わたしたちは二年一組、泉澤カオリの両親です』と繰り返す。

　ついに鍵を開けて校長が血相を変えて入ってきたのは、咲良が三回目のスピーチを終えた時だった。怒りに震える指でマイクのスイッチを切った校長に、咲良はにっこり微笑んだ。

「やっとお時間を作ってくださるんですね？」


　校長室に通されると、早速咲良があらためて今朝の出来事を説明する。

「これは、明らかないじめだと思います。早急な対処を――」

「しかし、われわれとしては、まず確認をしなければなりません。まずは――」

　校長は、汗を拭きふき、弁明を始める。

「確認、確認、っておっしゃいますけど、打ちどころが悪かったら死んでいたかもしれないんですよ！　命にかかわることです！」

　校長を、咲良はぴしゃりと遮った。その剣幕には、孝太でも圧倒される。校長もたじたじだ。

「わ、わ、わかりました。では早急に生徒たちに聞いて——」

その時、校長室のドアが開いて渉が入ってきた。深刻な表情だ。

「なんだ君は、邪魔しないでくれ」

孝太が追い返そうとする。が、渉は叫んだ。

「カオリちゃんが被害者だ、被害者だって、さっきの放送で言ってたけど、それは違います」

「はあ？　なんだと？」

孝太はすごむ。しかし渉はひるまない。

「カオリちゃんは……来美ちゃんを突き落としたんだ！　来美ちゃんを殺したのはカオリちゃんなんだよ！　俺、見たんだ！　全部見てたんだ！」

空気が凍りついた。

「わ、渉くん、何を言ってるんだ」

孝太は動揺する。嘘だと思いつつ、前に咲良から聞いたことを思い出し、一瞬、本当かもしれない、と心がぐらついた。が、

「カオリはそんなことをするような子じゃありません！」

咲良は言いきった。

「校長先生、失礼ですが、渉くんのおうちはかなり貧しい家庭だと伺っています。そん

な子の言うことに耳を貸す価値はないと思います」

「その通りですよ校長、カオリは悪くない！」

孝太も咲良に便乗した。

「ま、まあそりゃあ、その、貧困家庭かどうかはともかく、渉くんの意見だけではこちらとしても——」

「待ってください！」

ふたたびドアが開き、他の生徒たちも入ってきた。十名はいるだろうか。部屋はいっぱいになった。

「渉くんの言ってること……本当だと思います」

一人の生徒が言った。

「あの時、カオリちゃんは確かに輪にいたけど、でもすごい息が上がってた。全速力で走ってきたみたいに」

「うんうん、ハァハァ言ってたよね。あれって思ったもん」

「汗もかいてたし」

「だよね！　突き落とした後、三階から急いで下りて来たんだよ」

「カオリちゃんは、来美ちゃんがリボンを落としたんじゃないかって言っていたけど、変だよ。あの日、来美ちゃんはもともとリボンをしてきてなかったもん」

「そうそう。わざとらしいよね」

口々に意見が飛び出し、収拾がつかなくなる。それを止めたのは、やはり咲良だった。

「ひどい言いがかりです！」

咲良の凛とした声に、全員が黙り込む。

「カオリが可愛くて優秀だから、みんなでおとしめようとしているのね」

「はあ？」

「違うよ、本当だもん」

「渉くんは実際に見たんだし」

「それに、カオリちゃんは可愛くもないし優秀でもないよ。みんなに嫌われてるもん」

咲良が凍りつく。

「ふむ……来美ちゃんのことは、聞いた以上、こちらも放ってはおけませんな」

校長が重々しい声で言った。心なしか、口元に安堵がにじんでいる。校内でカオリが来美を殺害したとなれば、社会的に大きな問題となり校長が矢面に立たされる。しかし当然ながらそれ以上に孝太と咲良はダメージを受けるわけで、今の校長にとっては自分の立場を脅かすというより、形勢逆転できる機会に思えたようだ。

「君たち、よく勇気を出して言ってくれたね。黙っているのは辛かったろう。もう何も心配しなくていいから。あんな放送が流れて驚いたと思うけれど、大丈夫だ。さあ授業に戻りなさい」

これみよがしにやさしい声をかけ、校長が生徒たちを帰らせた。

「さて」

校長は少々威圧的に咲良と孝太に向き合う。

「つきましては警察、そして来美ちゃんのご両親にも連絡の上、学校としても責任をもって調査させていただこうと思います」

孝太は内心で焦った。もしかして、という思いがぬぐえなかった。しかし咲良は、やはり冷静に切り返す。

「わかりました。では同じように、今朝のことにつきましても、きっちりと調査してください。よろしくお願いいたします」

咲良は立ち上がり、頭を下げた。見事だ、と思いながら孝太も「よろしくお願いいたします」と倣う。

「あ、ところで校長先生、校医提携の件ですけど」

出て行く間際に、切り出した。

「明日の予防接種には予定通り参りますが、それ以降は別の方をお探しいただければと」

「わかりました。ではそのような方向で調整いたします」

校長の方もホッとしたような顔をした。

校門を出たところで、孝太は咲良の手を取った。

「咲良……ありがとうな。校長が動いてくれることになったのは、全部君のお陰だよ」

「いいのよ。だってカオリちゃんの為だもん。わたしたちの娘だよ？」

咲良に気負った感じはない。ごく自然にそう思ってくれているようだった。

手をつないだまま、家まで歩く。

「負けないわよ、わたしたち」

咲良が力強く言った。

「ああ、そうだな」

「カオリちゃんだけを悪者にするなんてひどい。間違ってるのは、あの人たちの方だわ」

「その通りだ」

咲良の考えが、孝太のものと、とてもよく似てきている。互いに感化し合い、似たもの夫婦になってきたのだろうか。

カオリに今朝起こったことは不幸な出来事だったが、夫婦としての、また両親としての絆は深まったような気がする。

二人でなら、乗り越えられる。

二人で、何が何でもカオリを守ってやるんだ。

15. カオリ

風呂に入ってから、頭から布団をかぶって部屋にこもっていた。

最低な気分だった。

突き飛ばされたときは、何が何だかわからなかった。あれ、と思ったら体が浮いて、ぬかるみの中にうつ伏せになっていた。顔から突っ込んだので、泥も食べた。べとべとした泥と、生臭い水と、砂利。思い出しただけで、吐きそうになる。鼻からも吸ったし、目にも入った。

パパとママには「理由はわからない」と言ったが、嘘だった。突き飛ばされる時、背後から「来美ちゃんのかたき」と聞こえたし、泥の中で転がっている時、きゃたきゃたとした笑い声に交じって「突き飛ばされた来美ちゃんの気持ちが少しは分かったんじゃない?」と湿った声が聞こえた。

誰かに見られていたのか、と不安で不安で仕方がない。

かなり長い時間、そうしていた。いつもなら、ベッドに横になっていれば自然と眠くなるが、今は全くそうならない。緊張して、神経が張り詰めている。

昼前に、やっとパパとママが帰ってきた。ベッドから這い出て、ドア越しに耳を澄ませていると、「それにしても、あの校長ときたら」など、ぶつぶつ文句を言い合っている。続いて「しかし、渉って奴、あんな言いがかりをつけるなんて。本当に最低だな」「そうよ。カオリが来美ちゃんを突き落としたなんて」と聞こえた時には、心臓が跳ねた。

渉に見られていた……？

最低、最悪だ。

「カオリの息が上がっていたとか、汗だくだったとか……そういう細かい嘘も、よく出てくるわよね」

そんなところまで、見られていたなんて――

冷や汗が出る。

階段を上がってくる音がする。あたしは慌ててベッドに戻った。

「カオリ？」

パパの声だ。

「ただいま」

ママもいる。

二人は近づいてきて、ベッドの端に腰を下ろした。あたしは布団から顔を出す。

「学校へ行ってきたよ」

ママがにこにこしている。

「やっぱりみんな、カオリちゃんに嫉妬してるんだと思う。色んな言いがかりをつけられたけれど、校長先生がきちんと調査するって約束して下さったから。もう大丈夫だからね」

調査。

調査なんてされてしまったら、もうおしまいだ。

渉くん、渉くん。

見られていたこともショックだけど、こんなふうに言いふらすなんてひどいよ。

あたしがどうなっちゃってもいいんだ。

ひどい、ひどいよ——

「とにかくカオリは何も悪くないんだから、明日は堂々と学校へ行くといい」

パパがにこにこ言った。

「やだ、やだよ！」

あたしはガバっと起き上がった。

こんなことになって、渉に会えるわけがない。みんなにも会いたくない。みんなはあたしが来美を突き落としたと確信している。きっともう、学校中にも言いふらされてる。

「大丈夫よ。こういう時こそ、堂々としているべきなの。学校へ行って、カオリちゃんが正しいというところを見せてやればいいのよ」

「絶対に嫌。だって、だって――」

あたしは泣きながら首を横に振った。

だって、あたしは本当に――

その時だった。

ガシャーンと何かが割れる音がした。階下からだ。

急いで三人で階段を下りると、庭に面したリビングの掃き出し窓が割れている。近くに大きな石が落ちていた。ママが悲鳴を上げる。パパが、自分の拳よりも大きい石を拾い上げる。石は藁半紙で包まれていて、開けると「人殺し」と書き殴ってあった。

「くそ！」

パパがすぐに玄関から出て、あたりを見回す。でも、誰もいなかった。悔しそうに戻ってくると、パパが言った。

「頭のおかしい、野蛮人ばかりだね。確かに、もうあんな学校へは行かないほうがいいのかもしれない。今は身を守るほうがいいかもしれない」

「確かにそうだけど、納得がいかないわ」

ママが憤慨している。

「カオリちゃんは悪くないのに、学校へ行けないなんておかしい。学校からいなくなるべきなのは、野蛮人たちのほうなのに！」

「それはそうだけど……今はカオリを守ることが最優先だ」

「でも、悔しいわ。わたしだってカオリちゃんを守りたい。だけどどうしてこちらが学校をあきらめなくちゃいけないの？　理不尽だわ」

「もういいよ、ありがとう、ママ」

ママが、自分の為にこんなに怒ってくれている。それだけで、あたしは嬉しかった。

「とりあえず、また明日にでも校長に話に行こう」

パパが言ったが、ママは首を横に振った。

「どうせまた、のらりくらりとかわされるだけ。時間の無駄だわ。他に何かいい方法があるはず」

ふとママの視線が、パパの手元にとまる。パパの手は、石をくるんでいた藁半紙をまだ握っていた。「人殺し」と殴り書きのある面の反対側は、学校からの「予防接種のお知らせ」だった。

「そうよ、これよ」

ママの目が輝く。

「これですべて解決するかもしれないわ」

予防接種のお知らせを、ママが嬉しそうに手に取った。

16. 咲良

南小学校まで、孝太の運転で車で乗りつける。今日は校医として来ているので、学校関係者用の駐車場に車を駐めた。

白衣を羽織った孝太に続いて、クリニックのナースのユニフォームを着た咲良も車から降りた。

「全校生徒分でも、けっこう少ないのね」

「少子化だよ。一クラス二十六人で一学年二クラスなんて、僕の時代じゃ考えられないことだった」

三百数十人分の注射器の入った段ボール箱を、台車で体育館まで運ぶ。生徒の座るパイプ椅子を出したりしていると、校長が挨拶にやって来た。

「本日はご苦労様です。よろしくお願いいたします」

校長の視線がナース姿の咲良にとまり、戸惑ったように目をしばたたかせる。

「ああ、うちのナースが今日は手いっぱいで。今日は妻は、メディカルアシスタントとして来てもらっています」

「そうでしたか、なるほど。よろしくお願いいたします。あの、先日の件ですが、きちんと調査を始める準備をしておりますので」

あの時の咲良の剣幕を覚えているのだろう、校長が進捗をアピールした。

「わかりました。ありがとうございます」

咲良がにこやかに応えると、校長はそそくさと体育館を後にした。

予防接種の準備が整い、約束の時間になる。教師に連れられて、生徒たちが整列してやってきた。

「はい、では一人ずつどうぞ」

孝太が声をかけると、男子がやって来た。咲良から注射器を受け取り、注射する。男子は少し顔をしかめた。

「はい次」

どんどん進めていく。注射器を手渡すたび、孝太と咲良の目が合う。二人は微笑みあって、どんどん注射針を刺していく。生徒だけでなく、教師や職員全員に打ち終えると、満足して最後に再び微笑みあった。

「カオリちゃん、さあ学校へ行こう」

ナースユニフォーム姿のまま、咲良は家までカオリを迎えに行った。

「いやだって、絶対に行かない」

「本当に大丈夫。ママを信じて。ね？」

「渉くんにも会いたくない。昨日蹴った奴らにも会いたくない。校長にも先生にも会いたくない」

「わかってる。ママはちゃんと、カオリちゃんの気持ち、ぜーんぶわかってるの。だけど、言ったでしょ？ 必ずカオリちゃんを守るって。だから一緒に行こう、ね？」

嫌がるカオリを何とか説き伏せ、学校へ連れて行った。

「行くの怖い」

「大丈夫、大丈夫」

カオリは決して顔を上げようとせず、ずっとうつむいたまま、校門をくぐり、靴箱で上履きに履き替え、教室へ行った。

「顔を上げてごらん」

おそるおそる顔を上げたカオリは、目の前の光景に息を呑んだ。

教室のフロアを、動かなくなったクラスメートたちが埋め尽くしている。椅子ごと倒れている者、行儀よくまっすぐ体を伸ばしている者、くの字になっている者、さまざまだった。この中の誰も、もう二度とカオリをいじめることはない。

「うそぉ……」

「ね？　ママの言ったとおりだったでしょ？」

「うん！」

カオリの目が、輝きを取り戻した。咲良は嬉しくなって目を細める。

「これなら、もう誰にも邪魔されず学校に来られるな。授業、受けられるよな？」

教壇の脇で、白衣姿の孝太が誇らしげに尋ねる。

「ばっちり！　ママ、パパ、本当に有難う！」

「じゃあ席について。授業を始めるわよ」

「はーい！」

カオリが教室の中へ、足を踏み入れた。その時、誰かの足を踏んだようだった。誰かの手も。体も。だけどそれらは反応することはない。カオリは一番前の自分の席に着くまで、おびただしい数の死体を踏みつけ、越えていく。

ふと、カオリの足が止まった。

渉が倒れていた。

渉はとろんとした表情をして横たわっていた。

あ、カオリ、泣いちゃうんじゃないかな。

咲良は心配になった。

だけどカオリはにっこり笑うと、そのまま踏み越えていく。やっと着席したカオリは、誇らしげだった。

孝太がみんなに注射したインシュリン。それがカオリにとって有害な人間どもを、排除してくれた。

「では、教科書を開いてください。カオリにはお勉強がばっちりできる子になってほしいから、びしびし行くよー」

教壇から咲良が呼びかけると、カオリが元気よく「はーい!」と手を挙げた。

すっと背筋を伸ばし、真剣な表情で机に向かうカオリ。急に大人びて見えて、思わず涙ぐみそうになった。そう、カオリは渉の死を乗り越えた時に、成長したのだ。

――ああ、カオリ。そうよ、あなたの味方になってくれない男子なんて、王子様じゃないもの。何があってもあなたの味方になってくれて、守ってくれる――そんな王子様が、きっといつか現れてくれるからね。

咲良は、胸の中でカオリに語りかけた。

いつか、カオリが本物の王子様に出会った時に愛されるように。シンデレラになれるように。そのためには、きちんとした教養を身につけた、レディーとして育てなければならない。

そのための楽しい楽しい授業が、今、始まる。

本書は、映画「哀愁しんでれら」（原案・脚本渡部亮平）を
基に著者が書き下ろした作品です。
作中に登場する人名その他の名称はすべて架空のものです。

双葉文庫

あ-55-04

哀愁しんでれら

もう一人のシンデレラ

2020年12月13日　第1刷発行

【著者】
秋吉理香子
©Rikako Akiyoshi 2020
【発行者】
箕浦克史
【発行所】
株式会社双葉社
〒162-8540 東京都新宿区東五軒町3番28号
［電話］03-5261-4818(営業)　03-5261-4831(編集)
www.futabasha.co.jp（双葉社の書籍・コミックが買えます）
【印刷所】
大日本印刷株式会社
【製本所】
大日本印刷株式会社
【カバー印刷】
株式会社久栄社
【DTP】
株式会社ビーワークス

【フォーマット・デザイン】
日下潤一

落丁・乱丁の場合は送料双葉社負担でお取り替えいたします。「製作部」宛にお送りください。ただし、古書店で購入したものについてはお取り替えできません。［電話］03-5261-4822（製作部）

定価はカバーに表示してあります。本書のコピー、スキャン、デジタル化等の無断複製・転載は著作権法上での例外を除き禁じられています。本書を代行業者等の第三者に依頼してスキャンやデジタル化することは、たとえ個人や家庭内での利用でも著作権法違反です。

ISBN978-4-575-52427-7 C0193
Printed in Japan